AMONG US

UNE AVENTURE DONT TU ES LE HÉROS... OU L'ESCROC

Illustrations : Mathieu Demore
Maquette intérieure : Graphicat

ISBN : 978-2-7002-7679-4

EVA GRYNSZPAN

AMONG US

UNE AVENTURE DONT TU ES LE HÉROS... OU L'ESCROC

RAGEOT

BAM, MÉCANICIENNE
BIP, AGENT(E) DE MAINTENANCE
BAZ, CUISINIER
BOB, COMPTABLE
BEN, PSYCHOLOGUE
BOO, CHERCHEUSE
BUD, ÉLECTRICIEN
BILL, INFIRMIER
BERT, COPILOTE
BUCK, COMMANDANTE

BIENVENUE À BORD DU *BULB*, vaisseau spatial légendaire ! Tu vas commencer un périlleux voyage à travers l'espace et de nombreuses tâches t'attendent. Sous l'autorité de l'intrépide commandante Buck, les meilleurs coéquipiers ont été sélectionnés pour mener ce périple à bien.

Pourtant, certains membres de l'équipage sont **des imposteurs** ! Tandis que de vaillants équipiers contribuent à l'entretien du vaisseau, d'autres se sont juré de le détruire !

Et toi, que souhaites-tu ?

Pour le savoir, glisse-toi dans la peau de l'un des trois personnages suivants. Seras-tu :

Bert la verte (page A),
Bip l'orange (page B),
ou Bob le rouge (page C) ?

Une fois ton personnage choisi, lis le descriptif qui lui correspond en te rendant à la page indiquée. Va ensuite en page D pour choisir l'accessoire de ton choix. **Attention : ne lis que le descriptif qui te concerne !** Sinon, tu révélerais la véritable identité des autres personnages au lieu de la découvrir en cours d'aventure.

Lorsque tu auras atteint la fin de ton histoire, tu pourras la recommencer au début en réalisant d'autres choix, ou bien sélectionner un nouveau personnage qui aura d'autres objectifs... Héros ou escroc ?

BERT LA VERTE

Tu occupes le poste de copilote. Formée dans une école d'élite, tu étais la meilleure de ta promotion, bien plus douée que cette commandante Buck qui ose t'expliquer comment piloter le vaisseau. D'ailleurs, l'équipage entier est lamentable !

Alors, adieu les tâches imposées par Buck ! Ton unique but est de prendre les commandes du *Bulb*, et tant pis pour ceux qui se mettront en travers de ta route...

Car au rôle d'équipier, tu préfères celui... d'imposteur ! Rends-toi maintenant en page ◗ pour choisir un accessoire.

LE *BULB*
PLAN DU VAISSEAU
NAVIGATION
POSTE DE DÉFENSE
BOUCLIERS
LABO O²
COMMUNICATION
ADMINISTRATION
CAFÉTÉRIA
STOCK
INFIRMERIE
ÉLECTRICITÉ
POSTE DE SÉCURITÉ
MACHINE BÂBORD
RÉACTEUR
MACHINE TRIBORD
SABOTAGES
CONDUITS D'AÉRATION

BIP L'ORANGE

Tu es agent(e) de maintenance. Fraîchement diplômé(e) de la Bulb Académie, tu rêvais d'être sur le mythique vaisseau *Bulb*, dans l'équipe de la merveilleuse commandante Buck ! Ton rôle est essentiel car le vaisseau navigue depuis des décennies et nécessite souvent des réparations. Qu'à cela ne tienne, tu es prêt(e) à te donner à fond, qu'il s'agisse d'intervenir en salle des machines comme de vider les poubelles !

En bref, tu es un(e) parfait(e) équipier/ère ! Rends-toi maintenant en page D pour choisir un accessoire.

LE *BULB*
PLAN DU VAISSEAU
NAVIGATION
POSTE DE DÉFENSE
LABO O²
BOUCLIERS
COMMUNICATION
ADMINISTRATION
CAFÉTÉRIA
STOCK
INFIRMERIE
ÉLECTRICITÉ
POSTE DE SÉCURITÉ
MACHINE BÂBORD
RÉACTEUR
MACHINE TRIBORD
ZONES COUVERTES PAR LES CAMÉRAS DE SURVEILLANCE

BOB LE ROUGE

Tu as pris le premier poste disponible sur le *Bulb*, un poste de comptable. Tu n'y connais rien, mais peu importe ! Ce que tu désirais avant tout, c'était rejoindre Boo, la chercheuse du *Bulb*. Depuis que tu l'as croisée l'année dernière à la cantine de la Bulb Académie, tu ne penses qu'à elle. Tu espères que le voyage te permettra de la charmer. Sinon, ton moral en prendra un sacré coup... et tu risques de te venger sur les autres équipiers.

L'équipage du *Bulb* devrait se méfier de toi, car tu n'es qu'un imposteur ! Rends-toi maintenant en page D pour choisir un accessoire.

LE *BULB*
PLAN DU VAISSEAU

TON ACCESSOIRE

Maintenant que tu t'es glissé(e) dans la peau de ton personnage, choisis l'accessoire que tu préfères :

UNE COIFFE EN PEAU DE BANANE

UN CHAPEAU EN POT DE FLEUR

UN COMPAGNON OU UNE COMPAGNE MINI-MOI

Ça y est ? Alors, à toi de jouer !
Commence ta lecture au chapitre 1.

CONSEILS ET ASTUCES

• La chronologie des événements est différente selon que tu seras Bert, Bip ou Bob. Mais l'identité des imposteurs, elle, reste toujours la même, et leurs motivations aussi !

• Attention à ton choix d'accessoires ! Il pourrait avoir des conséquences sur ton parcours.

• Pense à consulter le plan du vaisseau. Cela peut être utile pour te repérer et faciliter tes choix.

• Cette aventure s'inspire du jeu en ligne *Among Us*, mais tu n'es pas obligé(e) de le connaître pour lire ce roman !

LE VOYAGE COMMENCE ! Avec tous les équipiers, vous venez d'être téléportés dans la cafétéria pour le discours d'accueil de la commandante Buck.

— Bienvenue à bord de mon vaisseau, le prodigieux *Bulb*, déclare-t-elle d'une voix forte. Un long voyage nous attend, mais je suis convaincue que vous serez à la hauteur.

Des applaudissements résonnent dans la salle.

— J'attends de vous un comportement exemplaire, poursuit-elle. Si vous repérez le moindre problème, un signal d'alarme se trouve à disposition de tous dans la cafétéria. En cas d'alerte, chacun se devra d'abandonner ses tâches momentanément pour faire face ensemble à la situation. Tout criminel sera éjecté dans l'espace ! Il aura cependant droit à un procès suivi d'un vote afin de décider de sa culpabilité. Merci à chacun de télécharger ses missions à accomplir, ajoute-t-elle. Elles se mettront à jour en fonction des besoins du vaisseau. Des questions ?

L'équipier rose lève la main. C'est Bud, l'électricien :

— Je dois créer une dérivation de l'alimentation avec le copilote. Qui est-ce ?

— Bert la verte, répond Buck.

Bud se dirige vers Boo la jaune, la chercheuse, qui le regarde, interloquée.

— Mais enfin voyons, je suis jaune ! s'offusque-t-elle. Et même bouton d'or, très précisément. N'est-ce pas évident ? Je ne m'occupe pas de pilotage, je suis la chercheuse de l'équipe !

— Ah pardon, je suis daltonien, je confonds les couleurs, explique Bud, qui se dirige alors vers Ben le turquoise, le psychologue.

— Hum, bon, tout le monde sait ce qu'il lui reste à faire, reprend Buck en ignorant Bud. Je compte sur vous. À vos postes !

SI TU ES BERT LA VERTE, RENDS-TOI EN 2.
SI TU ES BIP L'ORANGE, RENDS-TOI EN 3.
SI TU ES BOB LE ROUGE, RENDS-TOI EN 4.

2

NON, mais pour qui se prend-elle, cette Buck ! Comment ose-t-elle parler de « son » vaisseau ? Il ne lui appartient pas ! En plus, elle compte laisser tes coéquipiers voter pour prendre des décisions. Et cet abruti d'électricien qui ne te reconnaît même pas ! Quelle bande d'incapables ! Buck peut aller au diable avec sa liste de tâches, tu n'as pas besoin de la télécharger pour savoir ce que tu as à faire : prendre les commandes du vaisseau ! Tu es beaucoup plus compétente pour le diriger. D'ailleurs, tu te demandes presque si tu ne serais pas mieux seule, sans aucun équipage...

Par où commencer ?

TU PARS ÉLIMINER BUCK, RENDS-TOI EN 6.
TU TENTES DE PIRATER LES COMMANDES, RENDS-TOI EN 12.

QUEL DISCOURS ! Quand tu raconteras à Bee et Bop, tes camarades de promotion, que la célèbre Buck est ta commandante, tu vas sûrement susciter de la jalousie ! Buck est si inspirante ! Tu espères qu'elle te trouvera digne de confiance.

Tu télécharges vite tes tâches comme elle l'a demandé. En tant qu'agent(e) de maintenance, ta liste est longue ! Le *Bulb* est un vaisseau magnifique mais très ancien et il risque de subir des pannes. Ça ne te fait pas peur, tu as prévu des fruits secs et une pomme dans ton sac à dos pour te donner de l'énergie.

En tout cas, tes camarades semblent très compétents ! L'électricien Bud a l'air un peu spécial, mais sympathique. L'ambiance de l'équipe devrait être bonne.

Tu as la liberté de choisir l'ordre de tes missions. Tu pourrais reconnecter les câbles du local électrique. Ou aller à la comptabilité pour mettre à jour ton badge d'accès ?

TU VAS RECONNECTER LES CÂBLES, RENDS-TOI EN 7.
TU VAS METTRE TON BADGE À JOUR, RENDS-TOI EN 14.

4

PAS TRÈS ACCUEILLANTE cette commandante Buck, elle n'a même pas donné les horaires des repas. En plus, tu as déjà un petit creux.

Tu t'apprêtes à le combler par un croissant lorsque les équipiers commencent à défiler l'un après l'autre dans ton bureau. Ils veulent que tu mettes à jour leur badge d'accès. Pff, ce travail de comptable va être pénible.

Tu ranges ta viennoiserie dans le tiroir de ton bureau et tu en grignotes un morceau entre chaque passage de tes coéquipiers. Baz se plaint qu'il y a du gras partout sur son badge. C'est bon, il n'a qu'à l'essuyer ! Ah, oups, tu en as mis aussi sur ta tablette ! De toute façon, tu téléchargeras tes tâches plus tard. Le plus important, c'est Boo, la responsable des recherches au labo. Lors de votre première rencontre à la cantine de la Bulb Académie, elle a illuminé ta vie de son jaune d'or. Cette année sans la revoir t'a paru si longue !

Tu vas tout tenter pour lui plaire. Que faire ? Tu sors un petit pain au lait de ton placard à fournitures et tu réfléchis aux différentes options.

TU LUI OFFRES UN CADEAU, RENDS-TOI EN 5.
TU LUI PRÉPARES UN RENDEZ-VOUS ROMANTIQUE, RENDS-TOI EN 8.

UN PETIT CADEAU, ça fait toujours plaisir ! Mais où est la boutique de souvenirs ? Tu vas voir ton collègue le plus proche, Baz le cuisinier, à la cafétéria, pour le lui demander.

– Une boutique de souvenirs ? Il n'y en a pas ici, te répond-il d'un ton agacé. Tu ferais mieux d'aller travailler !

Qu'il est désagréable ! Qu'est-ce que c'est que ce vaisseau où il n'y a ni magasin ni divertissement ? Il ne te reste qu'une solution : offrir à Boo quelque chose qui t'appartient. Ce n'est pas plus mal, ainsi elle pensera à toi chaque fois qu'elle le verra. Le plus personnel serait de lui offrir ton accessoire préféré !

SI TU PORTES UN POT DE FLEUR, RENDS-TOI EN 10.
SI TU PORTES UNE PEAU DE BANANE, RENDS-TOI EN 11.
SI TU AS UN MINI-MOI, RENDS-TOI EN 16.

FINISSONS-EN une bonne fois pour toutes ! Si tu t'attaques d'abord à Buck, tu pourras rapidement prendre le pouvoir et éliminer le reste de l'équipage, qui la suit comme des moutons.

Tu te rends en salle de navigation où se trouve déjà Buck, confortablement installée dans le siège central de commandante. Elle te tourne le dos. Tu te saisis de ton pistolet laser.

TU VEUX VOIR BUCK EN FACE POUR TIRER, RENDS-TOI EN 9.
TU LA VISES DE DOS ET TU TIRES, RENDS-TOI EN 19.

LE CÂBLAGE ÉLECTRIQUE, ça te connaît, tu as révisé tous tes cours avant d'arriver sur le vaisseau. Tu arrives au local. Bud l'électricien est absent. Tu ouvres le panneau qui cache les câbles. Ils sont déconnectés ! Oh là là, il faut vite réparer ! Tu t'attelles à la tâche : le rose avec le rose, le jaune avec le jaune, et ainsi de suite. Voilà, c'est fait !

Évidemment, si Bud le rose est daltonien, il doit être incapable d'effectuer les bonnes connexions, le pauvre ! Il lui faudrait une autre façon de distinguer les câbles. Tu dessines pour chaque couleur un symbole : un triangle pour le rouge, une étoile pour le jaune, une croix pour le bleu...

Un bon travail qui devrait aider l'électricien !

TU VAS ANNONCER LA BONNE NOUVELLE À BUD EN 15.

UN REPAS AUX CHANDELLES, voilà ce qu'il vous faut ! Tu lui composes un poème pour lui donner rendez-vous à la cafétéria et tu le glisses sous la porte de son labo.

Ton jaune soleil
M'éclaire au réveil.
Viens à moi, belle Boo,
Boire et manger un bout !

Sur une table de la cafétéria, tu poses une bougie fraîcheur lavande et tu plies les serviettes en forme de cygne. Boo ne pourra pas manquer de trouver ça romantique.

Tu es en train de parsemer la nappe de pétales de rose lorsque Boo et Bud entrent dans la cafétéria. Ils s'installent à une table et Boo, tout sourire, verse à Bud un jus de myrtille.

Ton cœur se brise. Des mois que tu attends de retrouver Boo et elle se pavane avec un autre ! Tu te mets à hurler de façon incontrôlable. Aveuglé par la jalousie, tu te précipites vers Bud et tentes de l'étrangler. Il se débat en criant :

– Bert ! Arrête ! Au secours !

Cet idiot de daltonien ne te reconnaît même pas !

– Moi, c'est Bob le rouge, cries-tu, et tu ne mérites pas Boo !

Boo semble paralysée devant un tel déferlement de rage. Baz le cuisinier accourt aux premiers cris et t'entends hurler ton nom, comme d'ailleurs le reste de l'équipage.

Tous te savent coupable. Après un vote rapide à l'unanimité, la commandante Buck t'expulse immédiatement dans l'espace.

Dans cette nuit sans fin, tu t'interroges : qu'avait-donc Bud de plus que toi ?

RETOURNE EN 4 POUR RECOMMENCER L'AVENTURE AVEC BOB
OU CHOISIS UN AUTRE PERSONNAGE.

TU TE RACLES LA GORGE. Buck se retourne et t'interroge :

— Je peux t'aider ?

Tu as appuyé sur la détente mais le pistolet s'est enrayé dans un petit couinement couvert par la voix de Buck. Tu ne te laisses pas surprendre et tu déclares :

— Hum, oui, comme tu le constates, les pistolets laser ne fonctionnent pas. Je voulais te le signaler.

— Ah bon ? s'étonne Buck. Je les ai fait contrôler par Bud, il a encore dû se tromper de couleurs dans les câblages.

— Ah oui, sûrement ! Veux-tu que je lui demande de les réparer ?

— Non, non, je vais m'en occuper, répond Buck.

Tu n'oses pas insister, tu risques de susciter sa méfiance. Tu vas devoir trouver un moyen détourné pour parvenir à tes fins.

RENDS-TOI EN 12.

10

LE POT DE FLEUR que tu portes sur la tête sera un cadeau parfait ! Ton cœur bat si fort en pénétrant dans le labo de Boo.

— B... Bonjour B... Boo ! bafouilles-tu, intimidé.

— Hmm... salut, répond-elle d'un air distrait.

Plongée dans ses recherches, elle ajoute une poudre dans un liquide vert vif. Elle mène sûrement des expériences passionnantes ! Elle est si intelligente !

— C'est... pour toi, lui dis-tu en lui tendant cérémonieusement ton pot de fleur.

— Quoi ? Ah... Pose ça là, dit-elle en repoussant divers papiers sur son plan de travail. Ça tombe bien, j'avais besoin d'une plante.

Ouf, tu as bien choisi ton cadeau ! Tu admires Boo qui finit sa préparation.

— Parfait, c'est prêt ! fait-elle, attentive à la couleur obtenue, désormais un vert troublé. Et maintenant, testons le résultat ! ajoute-t-elle en versant son liquide sur ta plante.

Ta fleur luit quelques secondes... puis prend une teinte sombre et se flétrit aussitôt, se recroquevillant sur elle-même. Bientôt, ce n'est plus qu'un tas de pétales.

— Mais... mais... mais... bafouilles-tu.

— Encore raté ! annonce Boo d'un ton sec. Il me faudrait de la polkate.

SUITE »

Le cœur pétrifié, tu regardes Boo. Comment a-t-elle pu faire ça ? Quel mépris ! Soudain, tu vois rouge. La colère te submerge. Tu saisis un alambic pour le fracasser sur le crâne de Boo.

Elle s'effondre, sans vie. Tu hurles de douleur.

LIS LA SUITE EN 22.

11

TA PEAU DE BANANE IRA À RAVIR à son teint jaune ! Tu entres dans le labo de Boo. Tu rêves de cet instant depuis des mois. Autour de toi, quatre ou cinq cages à oiseaux abritent de merveilleux volatiles de toutes les couleurs. Leurs plumes volètent dans le labo, ce qui ne fait que rehausser le teint superbe de Boo.

— Hum hum… fais-tu pour t'éclaircir la voix. Ça va, Boo ? Tu travailles sur quoi ?

— Hein ? marmonne la chercheuse, de dos, occupée à mélanger des produits dans un bec verseur. Je… euh… crée un autobronzant.

— Ah super ! Dis, Boo, regarde ce que j'ai… annonces-tu en lui tendant ta peau de banane.

— Quoi ? fait-elle, puis elle se retourne et, voyant la banane tendue : Ah, oui, la poubelle est là.

Elle attrape sa corbeille sous son plan de travail et saisit la banane pour la jeter.

Interloqué, tu restes sans voix. Elle a pris ton cadeau pour un déchet ? Une peau de banane toute neuve, le couvre-chef le plus tendance du moment ! Tu es donc si invisible ? Ne voit-elle pas comme tu l'aimes ? Comme ton cœur se gonfle au moindre de ses soupirs, comme le vertige te prend à chacun de ses mouvements ? La vie ne fait pas de cadeau aux âmes sentimentales. Tu sors de son labo et, dans le couloir, tu écrases une larme.

TU TENTES DE TE CONSOLER EN 23.

12

LE MIEUX, C'EST D'OBTENIR LES CODES de commande du vaisseau. Une fois que tu maîtriseras le *Bulb*, tu pourras facilement te débarrasser de Buck, puis de tout équipier qui se mettrait en travers de ton chemin.

Tu pourrais convaincre Bud de trifouiller les câbles électriques mais tu n'as aucune confiance en ses compétences. Autant prendre les commandes directement à partir des moteurs !

Tu te rends dans la salle des machines, vide, où seuls les appareils ronronnent. Tu descends vers la salle du réacteur. Tu entends quelqu'un chantonner, sûrement Bam, la mécanicienne. Quelle écervelée ! Ce n'est pas le moment de vocaliser ! Et pourquoi pas un spectacle d'opéra tant qu'on y est ?

Tu te dissimules dans l'encadrement de la porte. Fredonnant, Bam arrose herbes et fleurs tout autour du réacteur. Jardinière amatrice, elle adore s'occuper de ses plantes exotiques et de ses ficus.

Il faut éliminer Bam la marron, c'est la seule façon de parvenir jusqu'aux commandes ! Le plus discret serait d'utiliser un de ses outils de jardinage.

TU CHOISIS LE RÂTEAU, RENDS-TOI EN 17.
TU CHOISIS L'ARROSOIR, RENDS-TOI EN 20.
TU CHOISIS LE DÉSHERBANT, RENDS-TOI EN 24.

13

TU TAPES 1234 sur un boîtier près du lecteur magnétique. La porte ne s'ouvre toujours pas. Comment ça fonctionne ? Réfléchissons, tu aimes bien les défis ! Tu grignotes quelques raisins secs, ça va t'aider à cogiter face à cette porte close. Tu vois Buck au bout du couloir.

– Que se passe-t-il, Bip ? Que fais-tu devant le bureau administratif ?

– Je n'ai pas le bon code pour entrer, lui réponds-tu.

– Il faut glisser ton badge dans le lecteur magnétique. Vas-y lentement, il est très sensible.

La journée commence à peine et tu te fais déjà remarquer par la commandante. Tu aurais préféré réussir du premier coup mais, après tout, on apprend en faisant des erreurs ! Tu remercies Buck. Un instant, tu hésites même à lui demander un selfie. Ça épaterait tellement Bee et Bop ! Tu dois cependant aller travailler. Tu pénètres enfin dans le bureau où est assis Bob le rouge, le comptable.

Pauvre bougre, il a l'air déprimé, tu te demandes ce qui lui arrive ! Peut-être qu'il s'embête, qu'il n'a pas assez à faire ? C'est si motivant de travailler sur ce vaisseau de légende ! Qu'à cela ne tienne, tu as besoin de son aide pour la mise à jour de ton badge. Tu t'apprêtes à le lui confier lorsqu'un son résonne à travers tout le vaisseau.

SUITE »

Biiinndiiinp ! Biiiinndiiiinp ! Tu reconnais ce bruit, tu as appris toutes les alarmes à la Bulb Académie : c'est celle qui annonce une panne ! Tu vérifies le plan du vaisseau sur ta tablette : il clignote en rouge et signale une fuite d'oxygène.

Zut, tu avais presque fini ta tâche !

TU TE PRÉOCCUPES DE L'ALARME, RENDS-TOI EN 21.
TU TERMINES LA MISE À JOUR DE TON BADGE, RENDS-TOI EN 31.

FINISSONS-EN avec les questions administratives ! Tu auras ainsi l'esprit dégagé pour la maintenance. Il faut toujours avoir un badge à jour, il te permet d'accéder à tous les locaux, et même de manger. C'est essentiel pour une alimentation bien équilibrée !

Tu sors de la cafétéria et tu tournes à droite vers le bureau administratif, celui où travaille Bob le rouge, le comptable. Tu sors le badge de ton portefeuille et tu le glisses d'un geste vif dans le lecteur magnétique. Zut ! Ça ne fonctionne pas. Un post-it collé sur ton badge indique « Code O_2 : 1234 ». Est-ce qu'il faudrait plutôt entrer ces chiffres ? Ou recommencer plus lentement ?

TU TAPES LE CODE 1234, RENDS-TOI EN 13.
TU RECOMMENCES PLUS LENTEMENT, RENDS-TOI EN 18.

15

— BUD ! BUD !

Où est-il donc ? L'électricien semble introuvable. Criant son nom, tu erres dans les couloirs et tu arrives dans la cafétéria. Tu aperçois Bud assis à l'une des tables rondes. Devant lui est posé un verre à cocktail à moitié rempli d'un étrange liquide bleuâtre.

— Bud, te voilà enfin ! Je voulais te dire... commences-tu en lui tapotant l'épaule.

Soudain, il tombe à la renverse. Bon sang, il est mort ! C'est épouvantable !

En examinant le corps rose sans vie de Bud, tu t'aperçois qu'il est aussi constellé de petits pois verts. Est-ce ce liquide bleu qui aurait tacheté et tué Bud ? Tu aimerais en avoir le cœur net, mais peut-être devrais-tu d'abord prévenir le reste de l'équipage ?

TU TESTES LE LIQUIDE BLEU, RENDS-TOI EN 29.
TU APPUIES SUR LE SIGNAL D'ALARME, RENDS-TOI EN 25.

16

TU SAIS QUE BOO AIME LES ANIMAUX de compagnie car elle élève des oiseaux. Avec ton mini-moi rouge, elle pensera à toi tous les jours. Ce sera un merveilleux cadeau !

Tu frappes à la porte du labo de Boo, qui est aussi le local à oxygène. La chercheuse lève les yeux d'un étrange liquide vert, dont elle surveillait la cuisson.

– C'est à quel sujet ? demande-t-elle, puis, en apercevant ton mini-moi : Oh, il tombe à pic !

Elle est séduite par ton cadeau ! Versant le liquide dans un verre à cocktail, Boo s'adresse au mini-moi :

– Petit, petit, veux-tu goûter ma nouvelle recette ?

L'animal, curieux, s'approche et renifle la boisson. Puis il recule et vient se cacher derrière toi.

– C'est une recette de quoi ? demandes-tu.

– Une recette de... de... pour la digestion, explique Boo. Tu en veux ?

– Euh, non merci, ça va.

Si ton mini-moi n'en veut pas, tu risques de ne pas aimer non plus.

– Bon, eh bien, je ne vous retiens pas plus longtemps, annonce Boo, se remettant à son travail.

Zut ! Tu as raté ton coup : lui offrir ton mini-moi paraîtrait malvenu maintenant. Dépité, tu quittes son labo. Tu avais tant misé sur ces retrouvailles ! Cela te flanque un sacré coup.

TU VAS TE REMONTER LE MORAL EN 23.

17

TU T'APPROCHES DU RÂTEAU et... tu marches sur ses dents. Tu n'as pas le temps d'éviter le manche qui vient te frapper en plein visage. Tu t'effondres au sol entre les fougères et les bégonias, pour ne plus jamais te relever. Ta belle couleur verte se marie parfaitement avec le joli jardin de Bam, mais malheureusement tu ne profites plus de ce paysage.

Cet outil constituait une arme efficace, c'est dommage qu'elle se soit retournée contre toi ! Enfin, au moins, tu n'entends plus Bam chanter.

RETOURNE EN 2 POUR RECOMMENCER L'AVENTURE AVEC BERT
OU CHOISIS UN AUTRE PERSONNAGE.

CES LECTEURS MAGNÉTIQUES sont toujours ultrasensibles, tu dois glisser ta carte plus lentement. Ça fonctionne !

Dans le bureau administratif, tu fais la connaissance de Bob le rouge, le comptable, qui met ton badge à jour. Voilà, tous tes accès sont confirmés !

Bob ne semble pas dans son assiette. Peut-être faudrait-il lui remonter le moral ?

Soudain, l'alarme retentit.

– Que se passe-t-il ? demandes-tu, affolé(e), à Bob.

– Rien de grave, une fuite d'oxygène, répond-il d'un ton laconique en jetant un coup d'œil au clavier qui clignote sur son bureau.

TU T'INQUIÈTES TOUT DE MÊME DE L'ALARME, RENDS-TOI EN 21.
TU CONTINUES À PAPOTER AVEC BOB POUR LE CONSOLER, RENDS-TOI EN 28.

19

TU APPUIES sur la détente. Piiiiiiiiiiiiioouu. Ton pistolet s'est enrayé. Buck se retourne.

— C'est à quel sujet ? te demande-t-elle d'un air froid.

— Je… euh… c'est-à-dire… bredouilles-tu.

— J'ai demandé à Bud de contrôler nos armes, explique Buck. Visiblement, il a encore confondu la couleur des connexions. Quelle chance pour moi ! Quant à toi…

Bouillonnante de colère, Buck te fusille du regard.

— … Je te croyais un membre d'élite de la Bulb Académie mais tu n'es qu'une petite arriviste ! Comment as-tu pu oser attenter à ma vie ?!

Elle t'a percée à jour ! Tu sais que tu es perdue.

Buck convoque une assemblée générale d'urgence. Forte de son autorité, elle n'a aucun mal à convaincre l'équipage de ta culpabilité.

Le vote est quasi unanime (sauf Bud, qui a voté contre Bob le rouge par erreur) : tu es condamnée à être éjectée dans l'espace.

Tu as voulu atteindre ton but trop vite ! Tu ressasses ton erreur, errant sans fin dans la nuit étoilée…

RETOURNE EN 2 POUR RECOMMENCER L'AVENTURE AVEC BERT
OU CHOISIS UN AUTRE PERSONNAGE.

TU TE SAISIS DE L'ARROSOIR et te rapproches de Bam à petits pas silencieux. Tu lèves le bras, lorsqu'elle se retourne soudain et t'aperçoit.

– Oh, Bert, c'est gentil de passer ! Tu veux m'aider à arroser ?

Tu bafouilles un oui hésitant et te retrouves à hydrater son palmier nain et son bananier plantain. De toute façon, cet arrosoir en plastique était bien trop léger pour être efficace. Qu'en aurais-tu fait, tu aurais mouillé Bam jusqu'à la mort ?

TU DEVRAIS CHOISIR UNE AUTRE ARME, RETOURNE EN 12.

21

UNE FUITE D'OXYGÈNE, c'est forcément grave ! Vous risquez de tous mourir asphyxiés si la panne n'est pas réparée rapidement ! Vite, tu consultes ton *Manuel du parfait équipier* sur ta tablette. Ah oui, pour les fuites, il faut entrer un code dans le labo, où se trouve le filtre à oxygène, et aussi dans le bureau administratif. C'est celui sur ton Post-it ! Cette fois-ci, tu tapotes 1234 sur le clavier à côté de Bob.

L'alarme cesse de résonner. Ouf ! Quelqu'un a dû s'occuper en même temps du labo.

Tu te réjouis d'avoir accompli cette opération. Pas mal pour un(e) débutant(e) !

Tu peux reprendre tes tâches. Mais tu t'inquiètes : d'où vient cette soudaine fuite ? Un sabotage ? Tu pourrais aller vérifier, le nettoyage du filtre à oxygène faire partie de tes missions.

TU PARS RECONNECTER LES CÂBLES, RENDS-TOI EN 7.
TU VAS NETTOYER LE FILTRE À OXYGÈNE, RENDS-TOI EN 44.

22

TON HURLEMENT a attiré tout l'équipage dans le labo de Boo. Sous le choc, tu sanglotes, incapable de dissimuler ton crime.

— Je ne voulais pas, je ne voulais pas... bredouilles-tu.

— Crime passionnel, constate Ben le psychologue. Et beaucoup trop de sucre dans le sang, ça n'aide pas à maîtriser ses émotions, ajoute-t-il en constatant que tu as sorti de ton sac à dos une plaquette de chocolat.

Tu en dévores quelques carrés machinalement – ce n'est pas ta faute, quand tu es stressé, tu as besoin de manger.

Pour le reste de l'équipage, ta culpabilité est indéniable. Tu devrais être expulsé du vaisseau mais tu sembles si désespéré que Buck te prend en pitié. Et puis, le voyage commence à peine et il y a beaucoup d'administratif à régler.

Tu es condamné à finir le périple enfermé dans ton bureau pour terminer le bilan comptable. Tu es dévasté. En plus, il n'y a plus un seul chausson aux pommes dans le placard à fournitures.

RETOURNE EN 4 POUR RECOMMENCER L'AVENTURE AVEC BOB
OU CHOISIS UN AUTRE PERSONNAGE.

23

TU TE SENS DÉMUNI. Comment faire comprendre tes sentiments à Boo ? Te faire aimer d'elle ? Peut-être que Ben le psychologue pourrait t'aider ? Son cabinet n'est pas loin, c'est le bureau de la communication, où se trouve la radio.

— Que puis-je faire pour toi ? demande Ben.

Installé dans un canapé assez inconfortable, tu lui expliques ton désarroi, tes rêves passés et tes attentes déçues.

— Allons, n'aie pas le bourdon ! Si t'es bougon, ça va te bousiller, te conseille Ben.

— Facile à dire, j'ai envie de pleurer tout le temps... te désoles-tu.

— Bouscule-toi au lieu de bouder ! Ça va te booster !

Mais pourquoi commence-t-il tous ses mots par « bou » ? Cela ne fait que te rappeler le rejet de Boo !

— Je n'y arrive pas, j'ai juste envie de manger, te lamentes-tu.

— Ah non, arrête de bouffer, ça te bouleverse la santé !

Il fait exprès ou quoi ? Quel psy au rabais ! D'ailleurs, il n'y a aucun diplôme au mur, seulement des peintures d'art abstrait, mélanges de formes géométriques aux couleurs vives. Il se fiche de toi !

Ben se lève et t'indique la sortie d'un ton joyeux.

— Allez ! Bouge-toi et au boulot ! te lance-t-il.

C'en est trop ! À bout de nerfs, tu l'attrapes et tu lui enfonces la tête dans le divan. Le coussin en mélange satin et soie est parfait pour finir de l'étouffer. Il n'a que ce qu'il mérite !

Ce rendez-vous n'a servi à rien, tu es encore plus énervé ! Peut-être que Bill l'infirmier pourra te soigner ?

TU PASSES À L'INFIRMERIE EN 26.

24

TU ATTRAPES LE PULVÉRISATEUR de désherbant et tu appelles Bam. Lorsqu'elle se retourne, tu l'asperges de liquide. Pschiiit ! La mécanicienne est pétrifiée dans l'instant. Bien joué ! Et Bam qui prétendait ne jardiner qu'avec des produits bio...

En voilà déjà une qui ne se mettra plus en travers de ton chemin. Vite, tu pianotes sur le panneau de commande du réacteur et tu déniches les codes d'accès que seule Buck possédait. Tu pourras modifier le trajet du vaisseau et les tâches de chacun à ta guise désormais.

Maintenant, il faut quitter les lieux sans attendre.

SI TU AS UN MINI-MOI, RENDS-TOI EN 27.
SI TU PORTES UNE PEAU DE BANANE, RENDS-TOI EN 30.
SI TU PORTES UN POT DE FLEUR, RENDS-TOI EN 36.

25

AUSSITÔT L'ALERTE DONNÉE, l'équipage se rassemble à la cafétéria. Tous semblent effarés de la mort de Bud, l'électricien rose. Bill l'infirmier renifle le liquide bleu :

— Ça sent la myrtille ! C'est aussi l'odeur du polkate de plumetissium, un poison mortel lorsqu'il est mal dosé, indique-t-il. Ça expliquerait ses tâches vertes.

— Tu sembles très informé, demande Baz le cuisinier, suspicieux.

— Qu'est-ce que tu insinues ? proteste Bill. N'importe qui aurait pu le voler dans ma pharmacie.

— Et si c'était toi, Baz ? questionne Boo la chercheuse. Après tout, c'est toi qui sers les cocktails.

— Quoi, tu insultes mes cocktails ? s'offusque Baz. Les verres sont dans un placard accessible à tous !

— Forcément, la vie devait lui sembler bien pâle, soupire Bob le rouge.

— Et toi, Bip, que faisais-tu là ? demande Boo.

— Moi ? Je voulais parler à Bud, j'ai amélioré son système électrique, te défends-tu.

— Ah bon ? Que cherches-tu ? À prendre sa place ? demande Boo.

Tous les yeux se tournent vers toi, remplis de doute. Tu ne parviens qu'à bredouiller ton explication de symboles pour daltoniens.

SUITE »

— Procédons à un vote anonyme pour décider du coupable, annonce Buck. Vous pouvez choisir celui ou celle que vous soupçonnez sur vos tablettes.

Qui croire ? Bill est le mieux placé pour administrer des poisons. Mais quel serait son mobile ? Tu manques de preuves.

FAUTE DE PREUVES, TU PRÉFÈRES T'ABSTENIR, RENDS-TOI EN 34.
TU VOTES CONTRE BILL, RENDS-TOI EN 37.

À L'INFIRMERIE, Bill aura quelque chose pour calmer tes nerfs. Une tisane pour te détendre, ou une potion pour mieux dormir ?

Lorsque tu entres dans l'infirmerie, Bill est assis sur un lit. Il se tient très raide, son corps bleu rayé de jaune, un verre à cocktail à moitié rempli d'un liquide verdâtre.

— Bill ? l'appelles-tu en le secouant doucement.

Il s'écroule au sol et une petite plume volète pour se poser sur lui.

Bill ! Il est mort ! Le sort s'acharne sur toi ! Qui va t'aider désormais ?

Et qui a fait ça ? Ce liquide vert, cette plume d'oiseau... ça ne peut être que Boo !

Que faire, signaler la mort de Bill, au risque de trahir Boo, ou s'enfuir ? En passant par une bouche d'aération, tu pourrais arriver discrètement au poste de sécurité.

TU T'ÉCHAPPES PAR LE POSTE DE SÉCURITÉ, RENDS-TOI EN 32.
TU SIGNALES LA MORT DE BILL, RENDS-TOI EN 35.

27

TU POURRAIS PASSER par la bouche d'aération pour t'échapper discrètement mais il faudrait être certaine qu'il n'y a personne du côté de la sortie. Tu as été prévoyante en te choisissant une compagne mini-moi. Tu l'envoies par la bouche d'aération qui mène vers la salle des machines à tribord.

Elle revient en couinant une minute plus tard. Heureusement, tu as pris des cours de mini-langue à l'école des pilotes et tu comprends que quelqu'un se trouve de ce côté ! Que faire ? Éliminer le gêneur ou s'enfuir par une autre salle ?

TU POURSUIS LE GÊNEUR POUR L'ÉLIMINER, RENDS-TOI EN 33.
TU PASSES PAR L'AUTRE BOUCHE D'AÉRATION, VERS LA SALLE À BÂBORD, RENDS-TOI EN 46.

BOB N'A PAS EU TORT, l'alarme a cessé de retentir au bout de quelques secondes. D'autres équipiers ont dû gérer la panne.

Tu échanges quelques mots avec ce pauvre comptable. Très vite, tu comprends qu'il ne connaît pas grand-chose au vaisseau et ne s'intéresse pas à son métier. Des peines de cœur lui auraient enlevé la motivation pour travailler.

Il parle, parle pendant de longues minutes. Tu aimerais l'aider mais il faut retourner à tes tâches ! Tu l'interromps dans sa longue complainte et lui expliques que tu as beaucoup à faire. Ça t'embête, cependant, « le travail avant tout », c'est ta devise ! Pour te faire pardonner, tu lui laisses quelques noix de cajou, puis tu quittes son bureau en lui souhaitant une bonne journée.

Tu consultes ta tablette : de précieuses minutes se sont déjà écoulées ! Tu n'as pas le temps de relever la tête. Un coup puissant sur le crâne t'assomme, sans que tu puisses apercevoir ton assaillant.

C'est la fin de ton aventure. Aurais-tu mal évalué tes priorités ? Tu aurais dû respecter ta devise à la lettre et te concentrer sur tes tâches !

RETOURNE EN 3 POUR RECOMMENCER L'AVENTURE AVEC BIP
OU CHOISIS UN AUTRE PERSONNAGE.

29

TU RENIFLES PRUDEMMENT le verre rempli du nectar bleuâtre. Oh, ça sent la myrtille ! Ça n'a pas pu tuer Bud. Tu goûtes. Miam ! Tu en reprends une gorgée. C'est délicieux.

Allons, il est temps d'alerter les autres équipiers.

Soudain, tu te sens étrange. Tu baisses la tête et tu aperçois des petits pois violets sur ton corps. Que t'arrive-t-il ?

Tu n'aurais jamais dû tester ce liquide. Hélas, tu subis le même sort que celui de Bud ! Ton voyage sur le *Bulb* aura été de courte durée...

RETOURNE EN 3 POUR RECOMMENCER L'AVENTURE AVEC BIP
OU CHOISIS UN AUTRE PERSONNAGE.

TU QUITTES LES LIEUX EN TROMBE. Dans ta course effrénée, ton chapeau en peau de banane se décroche et tombe de ta tête. Tu t'apprêtes à entrer dans la salle des machines à bâbord mais tu entends du bruit. Il vaut mieux passer par celle à tribord. Sauf qu'en reculant, tu poses le pied sur ta peau de banane... et tu glisses ! Tu t'assommes dans ta chute.

Tu te réveilles sous les yeux de tout l'équipage avec un terrible lumbago. À peine deux mètres plus loin, Bam la marron se tient toujours pétrifiée. Il y a des traces de désherbant sur ta banane, les preuves contre toi sont accablantes. Tu es éjectée dans l'espace pour toujours.

Ton goût pour les chapeaux dernière mode t'aura perdue.

RETOURNE EN 2 POUR RECOMMENCER L'AVENTURE AVEC BERT
OU CHOISIS UN AUTRE PERSONNAGE.

31

UNE CHOSE APRÈS L'AUTRE : éliminons déjà tes problèmes de badge, tu t'occuperas de l'alarme après. D'ailleurs, Bob ne semble pas paniqué, il ne fait que soupirer. Tu lui tends ton badge pour sa mise à jour. Il soupire à nouveau et l'insère dans son lecteur magnétique, qui confirme l'action d'un son strident. Ta tâche est accomplie !

L'alarme s'arrête brusquement. Ça ne devait pas être si grave !

— Ça va, on se la coule douce ? s'énerve une voix dans ton dos.

Tu te retournes pour faire face à Buck, en colère.

— Et la fuite d'oxygène ? poursuit-elle d'un ton rageur. Je te rappelle que tu t'occupes de la maintenance, c'est à toi de la réparer ! J'ai dû le faire ! Alors que tu avais le code dans ta main. C'est inacceptable !

Ah oui, oups, le code sur le Post-it était noté « O_2 », pour réparer un éventuel manque d'oxygène.

La commandante ne peut laisser passer une telle incompétence. Elle convoque une assemblée générale. On te soupçonne d'avoir volontairement provoqué la fuite. Même Bob confirme ton inaction ! Le vote est unanime : une heure à peine après le départ, te voilà éjecté(e) du *Bulb* dans l'espace, regrettant à jamais ton manque de réactivité...

RETOURNE EN 3 POUR RECOMMENCER L'AVENTURE AVEC BIP
OU CHOISIS UN AUTRE PERSONNAGE.

TU NE LAISSERAS PERSONNE s'attaquer à Boo ! Tu fourres les preuves qui l'incriminent dans ton sac à dos (dont tu sors deux petits bonbons au caramel que tu croques au passage) et tu te glisses dans la bouche d'aération jusqu'au poste de sécurité. D'après les caméras de surveillance, la voie est libre pour retourner à ton bureau, où tu caches les preuves.

Soudain, une alarme annonce une assemblée générale à la cafétéria. Sans surprise, Buck vous y annonce la mort de Bill l'infirmier. Oups, on a aussi retrouvé Ben étouffé par son coussin de canapé !

Tu dois te protéger, et aussi protéger Boo. Elle t'en sera reconnaissante et tu gagneras son cœur ! Il faut détourner les soupçons vers quelqu'un d'autre.

Bip circule beaucoup dans le vaisseau pour réparer les diverses pannes et a bien dû croiser Bill et Ben. Et Bert n'est jamais venue mettre à jour son badge dans ton bureau. À quoi passe-t-elle donc son temps ? Tou(te)s deux feraient de bon(ne)s suspect(e)s.

TU VOTES CONTRE BERT, RENDS-TOI EN 38.
TU VOTES CONTRE BIP, RENDS-TOI EN 40.

33

TU DÉBOUCHES dans la salle des machines à tribord, suivie de ta mini-moi apeurée. Bip, de la maintenance, examine les moteurs et te tourne le dos. Les couinements de ta mini-moi attirent son attention.

— Ça boume, Bip ? demandes-tu en adoptant un air dégagé.

— Euh, oui, mais d'où sors-tu ? Je ne t'ai pas entendue ouvrir la porte ! Tu n'es tout de même pas passée par la bouche d'aération ? s'étonne Bip.

— Moi ? Pas du tout, j'étais seulement en train de la vérifier. Tu travaillais avec beaucoup de concentration sur le moteur, tu n'as pas dû m'entendre rentrer.

Pendant que tu lui parles, tu t'approches doucement de la boîte à outils, où trône une grosse clé anglaise qui ferait une arme parfaite.

TU ÉPARGNES BIP, RENDS-TOI EN 39.
TU TUES BIP, RENDS-TOI EN 41.

34

CE NE SERAIT PAS RAISONNABLE d'accuser quelqu'un avec si peu de preuves ! Tu votes blanc et tu ne doutes pas que tes coéquipiers feront de même. Il faut poursuivre l'enquête avant de juger !

Au bout d'une minute, le résultat du vote anonyme s'affiche sur vos tablettes.

SUITE

Quoi ? Tu es condamné(e) ? Toi qui croyais l'ambiance à bord si bonne ! Tu comprends trop tard qu'il aurait fallu être plus stratège.

Tu hurles ton innocence jusqu'au sas d'éjection dans l'espace mais c'est peine perdue. Quelle naïveté ! Tu sais désormais que de sombres cœurs se cachent sur le vaisseau *Bulb*...

RETOURNE EN 3 POUR RECOMMENCER L'AVENTURE AVEC BIP
OU CHOISIS UN AUTRE PERSONNAGE.

TU SONNES L'ALERTE et tout l'équipage découvre l'infirmier sans vie. Boo est impassible, sans remord visible pour son meurtre. Tu lui désignes d'un geste discret la plume sur le corps de Bill. Tu guettes un signe de sa part qui t'inviterait à la complicité.

Rien, elle t'ignore ostensiblement. Quel mépris ! Tu craques et tu déclares :

— Je dois dire que... j'ai remarqué des éléments perturbants près du corps de Bill... que j'ai déjà aperçus dans le labo.

Tu pointes la plume et le verre bu par Bill. La chercheuse est furieuse mais tous reconnaissent la plume de l'un de ses oiseaux. De rapides fouilles de l'infirmerie confirment la disparition de nombreux médicaments de Bill, que l'on retrouve dans le labo de Boo. On met aussi la main sur d'étranges potions.

En plus, l'absence de Ben se fait remarquer. Buck en déduit que Boo est aussi responsable de sa disparition !

Boo est condamnée sans appel... et c'est toi qui l'as accusée le premier ! Devant le sas où elle est éjectée dans l'espace, tu es saisi de remords. C'est ton cœur qu'on assassine !

Alors, fou d'amour et de désespoir, tu sautes dans le noir avec elle...

RETOURNE EN 4 POUR RECOMMENCER L'AVENTURE AVEC BOB
OU CHOISIS UN AUTRE PERSONNAGE.

36

TU T'APPRÊTES À PARTIR mais tu entends des bruits de pas. On ne doit pas te trouver en présence de Bam statufiée ! Vite, tu te dissimules dans les feuillages du jardin. Grâce à ton équipement tout vert, tu te fonds parfaitement parmi les plantes, et ton pot de fleur ajoute une dernière touche encore plus crédible.

Quelqu'un entre et pousse un petit cri, sûrement en découvrant Bam. Soudain, tu reçois de l'eau sur la tête. On t'arrose ! Décidément, tout le monde ici préfère s'occuper de jardinage plutôt que de faire son travail ! Tu savais bien que cet équipage n'était composé que de bons à rien. Au moins, ça signifie que tu es bien camouflée.

L'arroseur s'éloigne enfin et tu quittes la salle du réacteur. Maintenant, il faut trouver un moyen d'éliminer Buck. Dommage, il ne reste plus de désherbant.

Pourquoi pas du poison ? Bill l'infirmier doit avoir des médicaments qui feraient l'affaire.

Tu fais floc-floc en avançant. Évidemment, tu es trempée ! Si personne ne vient te toucher, ça ne se remarquera pas, et tu seras bientôt sèche.

TU PARS POUR L'INFIRMERIE EN 46.

37

AS-TU BIEN FAIT D'ACCUSER BILL sans certitude ? Ce n'est pas très charitable.

Après une minute d'un suspense insoutenable, les votes s'affichent sur vos tablettes.

SUITE

— Égalité, donc pas de désigné coupable. Personne n'est éliminé. Que tout le monde retourne à son activité, ordonne Buck.

Ouf ! Tu préfères encore ça, tu ne voudrais pas éjecter un innocent dans l'espace. Ce système de vote de Buck pour déterminer un coupable ne te paraît pas très fiable…

Mais tu as bien fait de voter : une voix pour Bill en moins et tu étais éliminé(e) ! Tes illusions sur la bonne ambiance du groupe sont mises à mal. Tes coéquipiers ont dû avoir très peur, voilà pourquoi ils ont voté contre toi. Tu vas leur prouver qu'on peut te faire confiance !

Assez de temps perdu à ruminer ! Tu reprends ta liste de tâches : passer un scanner à l'infirmerie. Tu en profiteras pour t'excuser auprès de Bill. Tu l'as peut-être jugé trop rapidement, qu'aurait-il gagné à éliminer Bud ?

Malheureusement, en entrant dans l'infirmerie, tu découvres l'infirmier étalé sur le sol. Bill le bleu est mort ! Enfin, bleu… Son bleu foncé est désormais rayé de jaune. À ses pieds, quelques paillettes dorées scintillent par terre. Quelles sont donc ces morts étranges qui frappent les équipiers du vaisseau ?

Tu t'apprêtes à sonner l'alarme mais tu hésites. Et si on te soupçonnait à nouveau ?

TU DÉCLENCHES L'ALARME, RENDS-TOI EN 42.
TU NE SIGNALES PAS LA MORT DE BILL, RENDS-TOI EN 47.

— BERT LA VERTE ne réalise pas ses tâches, t'exclames-tu. C'est louche !

— Comment oses-tu ? s'insurge la copilote, furieuse. Je n'ai rien à me reprocher. Qu'on fouille les bureaux de chacun, on verra bien si on trouve des preuves contre moi !

Aïe, tu aurais mieux fait de te taire. La suggestion de Bert est sensée et Buck a vite fait de trouver dans tes tiroirs les preuves que tu gardais pour protéger Boo... mais qui t'accusent du meurtre de Bill. Quelle ironie ! En plus, la commandante découvre ton stock de roudoudous et de réglisse que tu as rangés à la place du classeur des feuilles de paie.

Buck demande un vote pour déterminer le coupable. Tout te désigne.

Tu es éliminé, condamné à être expulsé du vaisseau.

Face au sas qui s'ouvre sur l'espace, tu contemples la nuit qui t'attend. Ta seule consolation est que, en payant pour son crime, tu as préservé la vie de ta bien-aimée Boo...

RETOURNE EN 4 POUR RECOMMENCER L'AVENTURE AVEC BOB
OU CHOISIS UN AUTRE PERSONNAGE.

39

RÉFLEXION FAITE, il vaudrait mieux éviter de semer un second cadavre derrière toi si rapidement.

— Très lourde, cette clé anglaise, tu ne préfères pas une clé à molette ? dis-tu en soupesant l'outil.

— Euh, ça dépend de ce qu'on veut en faire... répond Bip, que ton soudain intérêt pour la maintenance surprend.

— Oui, bien sûr. Voilà, voilà, eh bien, je te laisse gérer tes tâches.

Sur ces dernières paroles, tu t'éclipses. Pas la peine de perdre du temps avec les employés de seconde zone, il faut surtout liquider Buck. À l'infirmerie, tu trouveras un médicament pour l'empoisonner !

TU PARS POUR L'INFIRMERIE EN 46.

40

– JE SUIS PASSÉ par le poste de sécurité pour… euh… télécharger des données, et j’ai vu Bip rentrer dans l’infirmerie ! mens-tu.

Bip proteste mais tu as semé un doute dans l’équipage. Buck propose de déterminer le coupable par vote. Le résultat qui s’affiche sur vos tablettes est très mitigé.

SUITE

Personne n'est éliminé. Au moins, tu as réussi à vous protéger Boo et toi.

Tu retournes à ton bureau mais ce coup de stress t'a donné faim. Tu irais bien manger une tarte au citron meringuée à la cafétéria. Soudain, on frappe à ta porte : c'est Bert la verte.

TU PRENDS LE TEMPS DE DISCUTER AVEC BERT, RENDS-TOI EN 43.
TU ÉVACUES RAPIDEMENT BERT POUR ALLER GOÛTER, RENDS-TOI EN 45.

AUTANT SE DÉBARRASSER sans attendre des travailleurs fidèles à la hiérarchie de ce vaisseau. Tu empoignes la clé anglaise et, d'un geste vif, tu frappes Bip, qui s'effondre.

Tout cela t'a ralentie dans ta progression. Le signal d'alarme se déclenche : quelqu'un a sûrement signalé la mort de Bam ! Tu te précipites vers la sortie mais tu tombes sur Buck.

— Halte ! t'ordonne-t-elle. Bam est morte. Que fais-tu là ?

Tu te rends compte que tu tiens toujours la clé anglaise en main. L'instant d'après, les autres équipiers ont déjà rejoint Buck. Bientôt, ils s'avancent tous vers toi, l'air menaçant. Tu recules d'un pas. Te voilà dans la salle des machines, le cadavre de Bip à tes pieds, sous les grands yeux étonnés du reste de l'équipage.

Tes coéquipiers, d'abord effarés, se mettent à parler tous en même temps.

— C'est toi, Bert, qui a commis de tels crimes ? t'accuse Buck.

— Le jardin de Bam était si bien entretenu, se lamente Baz le cuisinier.

— Délire narcissique et excès de café, diagnostique Ben le psychologue en t'examinant des pieds à la tête. Et c'est vrai que ce ficus est sublime.

— Tiens, ça existe les bégonias bleus ? se demande Bud.

SUITE »

— Vous n'êtes que des imbéciles ! t'écries-tu avec colère. Ça jacasse, ça chantonne, ça jardine ! Vous n'êtes pas dignes de faire partie d'une équipe d'élite ! J'aurais fait une bien meilleure commandante que Buck ! Je vaux plus que vous tous réunis ! J'aurais dû tous vous éliminer !

Tu poursuis tes jurons jusqu'à ce que tu sois projetée dans l'espace en paiement de tes crimes.

RETOURNE EN 2 POUR RECOMMENCER L'AVENTURE AVEC BERT
OU CHOISIS UN AUTRE PERSONNAGE.

DÈS L'INSTANT OÙ tu déclenches l'alarme, tu sens que tu as commis une erreur. Car lorsque l'équipage découvre Bill rayé bleu et jaune, tous les yeux se tournent vers toi. Comment ne pas faire le lien entre toi et ce meurtre, après la mort étrange de Bud ? Et tu te trouves encore près du cadavre...

Buck réclame un nouveau vote. Le résultat est sans appel : tous les autres équipiers sont contre toi.

C'est la fin de ton voyage... Tu es propulsé(e) dans l'espace.

RETOURNE EN 3 POUR RECOMMENCER L'AVENTURE AVEC BIP
OU CHOISIS UN AUTRE PERSONNAGE.

43

BERT VEUT PRENDRE de tes nouvelles. Quelle gentille marque d'attention ! Ton goûter attendra. Vous échangez quelques banalités. Elle est charmante. Soudain elle t'interroge :

— Dis-moi… Tout à l'heure, tu as prétendu que tu téléchargeais des données au poste de sécurité. C'est étonnant, car… il n'y a aucune donnée à télécharger là-bas ! s'exclame-t-elle, tout sourire, ses yeux fixés dans les tiens.

Oups, tu t'es trahi quand tu as accusé Bip !

— Aurais-tu menti ? J'ai trouvé des indices qui indiquent que Boo a tué Bill. Tu la protèges ? poursuit-elle. Seriez-vous aussi responsables de la mort de Ben ? Rassure-toi, je ne compte pas vous dénoncer. Je pensais plutôt vous faire une proposition…

Bert connaît votre secret à Boo et à toi ! Cependant, elle ne semble pas te vouloir de mal. Sa proposition est peut-être intéressante ? À moins que ce soit un piège pour que tu avoues tout ?

TU NE CONTESTES PAS LES SOUPÇONS DE BERT ET TU ÉCOUTES SA PROPOSITION, RENDS-TOI EN 51.

TU RÉFUTES SES ACCUSATIONS, RENDS-TOI EN 63.

TOUT PARAÎT TRANQUILLE lorsque tu arrives au local à oxygène, si ce n'est les gazouillis qui t'accueillent en entrant. Des cages abritent des oiseaux de toutes les couleurs : jaunes, verts, bleus, roses… L'un d'eux est même tacheté de petits pois colorés et un autre a des rayures !

Le local est aussi le laboratoire où Boo la chercheuse effectue ses recherches.

— Ils sont drôlement beaux, tes oiseaux, Boo ! t'exclames-tu. C'est ton sujet d'étude ?

— Euh… non, pas exactement. Disons que c'est… mon hobby, répond-elle.

— Ah, j'imagine que tu travailles plutôt sur l'oxygène ? Je dois d'ailleurs nettoyer le filtre.

— Oui, oui, c'est ça, je travaille sur l'oxygène… Et d'ailleurs… je peux prendre le temps de t'expliquer, si tu le souhaites. Puis-je t'offrir un verre ? Je viens de faire un super diabolo menthe.

Tu as du travail… mais ce serait l'occasion de mieux connaître Boo la jaune. Et puis, il faut s'hydrater régulièrement pour être en forme, peut-être qu'un verre ne te ferait pas de mal.

TU PRÉFÈRES EFFECTUER TA PROCHAINE TÂCHE, RENDS-TOI EN 50.
TU ACCEPTES DE PRENDRE UN VERRE, RENDS-TOI EN 61.

45

— BERT, BONJOUR, j'ai un dossier urgent à traiter à la cafétéria, lui dis-tu sans lui laisser le temps de parler. À plus tard !

Et tu files. Le cuisinier Baz est absent mais Bud est à table, en train de prendre un verre. Tu lui demandes :

— Salut Bud, tu fais aussi une pause ? Tu sais où sont les tartes ?

Bud ne répond pas. Tu t'approches de l'électricien et constates que son corps est tacheté de pois verts. Il ne bouge plus ! Son verre est rempli d'un liquide bleu. Oh non ! Boo a remis ça ! Elle a encore dû vouloir tester une potion.

Tu fourres le corps de Bud dans le vide-ordures qui mène au stock. Mais on découvrira vite sa disparition et si on fouille le labo, on la suspectera !

Il faut créer une diversion, le temps de cacher les preuves chez Boo. Un sabotage ? Provoquer une fuite d'oxygène ? Non, le suivi de l'oxygène se fait dans ton bureau et dans le labo de Boo, on vous soupçonnerait. En revanche, tu pourrais saboter le réacteur !

Tu cours vers les salles des machines. Où est Bam, la mécanicienne ? Il faudra peut-être se débarrasser d'elle, tant pis.

Tu entres dans la salle du réacteur. Bam est bien là. Statufiée, sans vie. Tu n'auras pas à l'éliminer, quelqu'un s'en est chargé à ta place…

TU T'ENFUIS, RENDS-TOI EN 48.
TU EXAMINES LE CORPS DE BAM, RENDS-TOI EN 60.

DE LA SALLE DES MACHINES, tu pars vers l'infirmerie. Dès que tu y pénètres, tu détectes quelque chose d'anormal. Les placards à pharmacie sont éventrés et vidés. Plus un seul médicament à l'intérieur. Zut ! Il faudra trouver un autre moyen d'éliminer Buck.

Soudain, tu aperçois des pieds qui dépassent de sous un lit. Des pieds bleu foncé. Ce sont ceux de Bill, l'infirmier ! Sans vie, son élégant bleu roi est désormais rayé de jaune. Quelle est donc l'étrange maladie qui l'a colorisé ainsi ?

Tu examines le sol de la pièce et tu y trouves quelques paillettes dorées. Elles te rappellent celles du chapeau pointu de Boo, la chercheuse. Un chapeau que Boo la jaune ne quitte jamais. Tiens, tiens, c'est intéressant...

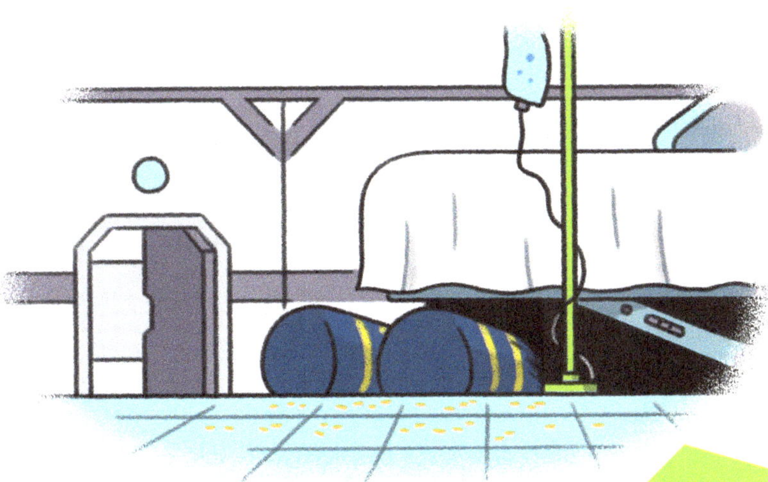

TU VAS ENQUÊTER CHEZ BOO, RENDS-TOI EN 49.
TU CHERCHES UN AUTRE MOYEN D'ÉLIMINER BUCK, RENDS-TOI EN 55.

47

PAS QUESTION de te laisser accuser une seconde fois ! Tu fourres Bill le bleu-rayé-jaune sous un lit. Tu te sens un peu coupable de l'abandonner ainsi, mais quelqu'un d'autre déclenchera bien l'alarme.

Tu pars aligner les sorties moteur, t'éloignant ainsi du lieu du crime.

Malgré ces meurtres atroces, tu te concentres pour effectuer les bons réglages sur le moteur en salle à tribord. Il faut bien aligner la petite molette dans l'axe horizontal, c'est un travail très précis. En classe, à l'Académie, c'était plus facile, tu avais droit à ton équerre. Là, tu y es presque...

Soudain, Bert la copilote surgit dans ton dos. Ouf ! Elle t'a fait peur. Mais elle n'est que de passage. Plutôt aimable, elle s'intéresse à tes outils, puis te laisse travailler.

Tu as fini d'aligner les sorties moteur lorsque l'alarme retentit enfin. À l'assemblée générale, tu affiches ton air le plus surpris et désolé en apprenant la mort de Bill.

— C'est Boo ! accuse Bert. Le sol de l'infirmerie est parsemé de paillettes dorées. Ce sont celles de son chapeau !

— C'est ridicule ! s'exclame Bob. Il y a aussi des paillettes dans la cafétéria, ce n'est pas la faute de Boo pour autant si le ragoût de Baz est trop salé !

— Oui, ça prouve surtout qu'il faut passer un coup de balai dans le vaisseau... suggère Bam la mécanicienne.

– Il est trop salé, mon ragoût ? s'indigne Baz le cuisinier.

– Je propose qu'on ne vote pas et que chacun s'occupe désormais de ses tâches sans se préoccuper des autres, déclare Bob.

C'est vrai que Boo la chercheuse, toujours coiffée de son chapeau pointu à paillettes, a les compétences pour confectionner des poisons mortels. Ou faut-il se fier à Bert, qui vient papoter avec toi en salle des machines au lieu de piloter en salle de navigation ? D'ailleurs, elle aurait eu le temps de passer à l'infirmerie commettre un meurtre...

Ou Bob serait-il la voix de la raison ? C'est vrai que moins tu croiseras de monde, moins tu prendras de risques.

TU SOUTIENS BOB, RENDS-TOI EN 53.
TU VOTES CONTRE BOO, RENDS-TOI EN 56.
TU VOTES CONTRE BERT, RENDS-TOI EN 58.

LA VUE DE BAM PÉTRIFIÉE devant toi te donne une sacrée frousse. Par réflexe, tu recules pour t'enfuir... et tu t'étales au sol !

Sonné, tu restes par terre un moment. Tu as glissé sur une peau de banane ! D'où vient-elle ? Tu ne tardes pas à le comprendre : c'est celle de Bip l'orange, qui arrive alors que tu te relèves. Tu n'as pas le temps d'imaginer une excuse, Bip est déjà dans la salle du réacteur et constate la mort de Bam !

Tout s'enchaîne très vite. Avec les dossiers qui s'entassent sur ton bureau, impossible de justifier ta présence en salle du réacteur. Tu ne veux pas expliquer ton idée de sabotage pour détourner l'attention des crimes de Boo...

Les votes de l'équipage t'accablent. Tu marches, résigné, vers l'espace dans lequel on va t'expulser. Boo ne te jette pas même un dernier regard avant que tu sois éjecté. Elle ne saura jamais combien tu l'aimais...

RETOURNE EN 4 POUR RECOMMENCER L'AVENTURE AVEC BOB
OU CHOISIS UN AUTRE PERSONNAGE.

49

TU ENTRES dans le local à oxygène, qui héberge le laboratoire de Boo. La chercheuse n'est pas là. Dans des cages pépient une multitude d'oiseaux multicolores. Il y en a même un rayé bleu et jaune. Tiens... ça existe les oiseaux rayés ?

Boo est absente, c'est l'occasion de fouiller ses affaires. Tu ouvres les tiroirs et tu découvres de nombreux produits pharmaceutiques. Sans doute volés chez Bill ! Puis tu trouves une fiole remplie d'un liquide doré et un cahier intitulé « Journal de recherche ».

Tu le feuillettes et en lis quelques passages :

Jour 657

Encore raté ! Mon perroquet n'a pas résisté à mon dernier essai. Cependant, le rouge-gorge a eu une réaction intéressante : il est devenu violet ! Et le moineau est désormais zébré de bleu. C'est joli, mais ce n'est toujours pas ce que je recherche.

Jour 728

Je vais être obligée d'interrompre mes recherches, je suis recrutée sur le *Bulb*. De toute façon, je manque de produits pour mes tests. Peut-être que j'en trouverai à bord ?

SUITE

Jour 835

J'embarque demain, sous les ordres de Buck.
J'espère qu'elle me laissera mener mes recherches en paix.

Jour 836

Ce stupide Bob me dérange sans arrêt, ce qu'il est collant! Je n'arrive pas à m'en débarrasser. Ce n'est vraiment pas le moment! Cette fois-ci, je suis sûre que je l'ai enfin découvert : l'élixir de vie éternelle! Je vais fouiller l'infirmerie pour trouver le dernier ingrédient qui me manque, puis je testerai la formule. Mais fini les oiseaux, il faut que je l'essaie sur une personne maintenant!

L'élixir de vie éternelle ! C'est donc ça que Boo veut créer ? Elle a dû faire un essai sur Bill.

Et si la fiole dorée renfermait l'élixir ? Si, après avoir dévalisé l'infirmerie, Boo avait enfin réussi ?

Quoi qu'il en soit, la chercheuse serait une partenaire de choix pour parvenir à tes fins...

TU TENTES DE T'ASSOCIER AVEC BOO, RENDS-TOI EN 52.
TU TESTES LE LIQUIDE DORÉ, RENDS-TOI EN 93.

— JE TE REMERCIE mais je dois me dépêcher de nettoyer le filtre à oxygène, expliques-tu à Boo. Une prochaine fois !

Tu es gêné(e) de refuser, cependant, le travail n'attend pas. Ta mission est vite accomplie, il n'y a plus de traces de la fuite précédente. Tu salues Boo pour partir effectuer une nouvelle tâche.

À peine sorti(e) de son labo, l'alarme retentit. Encore ?! Cette fois-ci, elle annonce une réunion à la cafétéria. Tu te précipites là-bas. Buck affiche un air sinistre et vous déclare à tous :

— L'heure est grave. Baz a retrouvé notre électricien Bud dans la cafétéria, mort, le corps constellé de pois verts. Quant à moi, j'ai trouvé le corps de Bill sans vie dans son infirmerie. Enfin, si c'est bien Bill. Il est tout rayé, jaune et bleu.

— Ça doit être joli, dit Ben d'un air rêveur.

Tout le monde se tourne vers lui, offusqué d'autant de détachement, surtout pour un psychologue ! Il semble se ressaisir pour se concentrer sur les paroles de Buck.

— Hum, reprend la commandante, il faut trouver le coupable. Nous allons procéder à un vote.

Ces meurtres sont terrifiants ! Comment est-ce possible sur un vaisseau qui accueille une telle équipe d'élite ? L'indifférence de Ben est très suspecte. D'un

SUITE »

autre côté, les symptômes de Bud et de Bill te rappellent quelque chose, mais impossible de t'en souvenir... Peut-être dans le labo ?

TU VOTES CONTRE BEN, RENDS-TOI EN 54.
TU VOTES CONTRE BOO, RENDS-TOI EN 56.

— QUE VEUX-TU EXACTEMENT ? demandes-tu à Bert.

— Je vais jouer franc jeu, déclare Bert. Boo, toi et moi, nous avons des objectifs communs. Associons-nous ! Aidez-moi à éliminer Buck pour que je prenne la direction du vaisseau et je vous aiderai à éliminer vos ennemis.

— Euh... je me suis peut-être un peu énervé contre Ben, avoues-tu. Mais je cherche surtout à protéger Boo, expliques-tu encore plus rouge que d'habitude.

— Ah, je comprends... dit Bert avec un sourire complice. Si tu veux, je pourrais te donner des conseils en séduction !

Tu te sentais si seul jusqu'ici... Une amie te serait utile !

Tu proposes à Bert d'en discuter avec Boo. En passant par la cafétéria pour rejoindre son labo, vous tombez justement sur Bud et elle, tous deux attablés devant un verre. Seul celui de Bud a été entamé. Une bouffée de jalousie va t'envelopper... lorsque tu t'aperçois que Bud, son corps rose parsemé d'inhabituels petits pois verts, ne bouge plus. Plus du tout.

LIS LA SUITE EN 57.

52

— TU AS FOUILLÉ dans mes affaires ?! s'offusque une voix dans ton dos.

Tu te retournes pour trouver Boo la jaune, l'air furieux.

— Bonjour Boo ! lui lances-tu chaleureusement.

Ta cordialité la déstabilise. Tu lui montres les paillettes dorées qui manquent à son chapeau et qui trahissent son meurtre. Tu la rassures vite :

— Associons-nous : je t'aide à tester tes derniers essais et tu m'aides à prendre le pouvoir.

Les yeux plissés, Boo réfléchit. Tu lui avoues que tu as tué Bam. Cette information, qu'elle pourra retourner contre toi si tu la trahis, achève de la convaincre.

Toutes les deux plus détendues, vous discutez d'un plan d'attaque.

— Tu pourrais tester ta dernière formule sur Bip. Et je ferai en sorte que Buck soit accusée de ce crime et des autres. Mais je devrais vite fabriquer de fausses preuves, poursuis-tu. Nos meurtres seront sûrement signalés bientôt.

Bip s'occupe de la maintenance, tu ne veux pas l'avoir dans tes pattes si tu trafiques le vaisseau. Et c'est l'occasion d'éliminer Buck sans te mettre en danger !

— Et si on faisait plutôt porter le chapeau de nos précédents crimes à Bob le rouge ? rétorque-t-elle d'un air diabolique. Ce serait un bon débarras !

Bob le comptable ? Il sera facile à berner. C'est moins compliqué que de faire accuser Buck et ça ferait un équipier en moins. Que préfères-tu ?

TU INCITES BOO À TUER BIP POUR FAIRE ACCUSER BUCK, RENDS-TOI EN 64.
TU PRÉFÈRES ACCUSER BOB DE VOS CRIMES, RENDS-TOI EN 67.

53

AVEC TON SOUTIEN, Bob a réussi à convaincre le reste de l'équipage de ne pas voter.

Chacun retourne à sa tâche, évitant un maximum de se croiser. C'est encore la meilleure façon de te prémunir contre une agression. Ce voyage a pris une tournure très angoissante : toi qui rêvais de soirées au coin du radiateur, à chanter « Étoile des neiges » et « Au clair du satellite », penses-tu en soupirant...

Tu vas remplir les réservoirs, voilà qui t'occupera pour repousser les idées noires. À force d'allers-retours entre le stock et les salles des machines, le temps passe. Tu entends parfois des cris au loin mais aucune alerte n'annonce de nouveau meurtre, alors tu te rassures vite.

Soudain, l'alarme signalant une panne de réacteur résonne. Pas de panique, tu es juste à côté ! Tu apposes ta main sur le scanner du réacteur. Il suffit qu'un autre de tes coéquipiers fasse de même sur le second scanner. Ils ne sauraient tarder !

Tu attends. Tu attends encore. Personne. Que font-ils ?

Et si à force d'éviter tes camarades, tu les avais laissés seuls affronter un meurtrier ?

Ce n'est que lorsque le réacteur explose que tu comprends ton erreur...

RETOURNE EN 3 POUR RECOMMENCER L'AVENTURE AVEC BIP
OU CHOISIS UN AUTRE PERSONNAGE.

54

BEN A VRAIMENT UNE ATTITUDE LOUCHE.

Et, au minimum, inacceptable pour un psychologue ! D'ailleurs, beaucoup semblent d'accord avec toi. Baz et Bam n'ont pas voulu se prononcer mais Ben est désigné coupable.

RÉSULTAT DES VOTES

SUITE »

Buck ordonne de l'éjecter dans l'espace : un meurtrier n'a pas sa place dans le vaisseau !

C'est bien triste d'avoir dû se séparer ainsi d'un coéquipier, mais comme tu l'as appris à ton cours de philosophie interstellaire à l'Académie : « Pour voir les étoiles, il faut accepter d'être dans la nuit. » La vie est pleine d'obstacles, ça ne doit pas pour autant t'empêcher de continuer ton travail ! Tu quittes la cafétéria d'un pas décidé, derrière Bert, qui avance en faisant un curieux bruit. Flic, flac flic, flac. Soudain, tu glisses sur le sol et te rattrapes de justesse. Il était mouillé, Baz devrait nettoyer ! Tu as failli te ridiculiser en t'étalant par terre. Ça aurait été très malvenu.

Tu vas déverrouiller les collecteurs du réacteur.

TU PARS EN SALLE DU RÉACTEUR EN 97.

TU POURRAIS ACTIONNER le signal d'alarme mais tu préfères quitter l'infirmerie sans te mêler du meurtre de Boo. Après tout, ce ne sont pas tes oignons !

Dans le couloir, tu rencontres Bip qui vient passer un scanner à l'infirmerie. Zut, tu aurais dû cacher le cadavre, maintenant on va te soupçonner ! Tu n'as plus le choix, il faut signaler le meurtre de Bill. Tu t'écries :

– Quelle abomination ! Un crime affreux a été commis ! Ce pauvre Bill est mort ! Notre si valeureux infirmier ! Vite Bip, sonne l'alerte !

Bientôt, l'équipage est réuni pour examiner la situation. Tu montres à Buck les paillettes dorées au sol. Boo la chercheuse porte justement sur sa tête un chapeau pailleté !

Buck lance un vote anonyme. Qui a tué Bill ?

Deux personnes ont voté contre toi. Tu ne t'en inquiètes pas, car la majorité décide d'éjecter Boo dans l'espace. Voilà une équipière dont tu n'auras plus à te débarrasser !

Satisfaite, tu te rends en salle de navigation. Le temps de réfléchir à tes prochaines actions, il vaut mieux prétendre que tu réalises quelques tâches. Tu t'installes à ton poste, à droite du beau siège en cuir de la commandante. Pff, et ton siège qui n'est qu'en tissu !

SUITE

Tandis que tu fulmines contre Buck, tu ne perçois pas que quelqu'un s'est glissé hors d'une bouche d'aération. Tu sens un objet lourd sur le sommet de ton crâne avant de perdre connaissance pour toujours.

Boo a été vengée. Par qui ? Tu ne le sauras jamais...

RETOURNE EN 2 POUR RECOMMENCER L'AVENTURE AVEC BERT
OU CHOISIS UN AUTRE PERSONNAGE.

VOUS ÉTIEZ PLUSIEURS à trouver Boo suspecte. Elle a été éliminée et expulsée du vaisseau.

Il y avait donc un imposteur dans l'équipage ! Quel choc !

Il faut reprendre tes esprits, de nouvelles tâches t'attendent. Après quelques abricots secs, tu te sens mieux. Tu gardes ta pomme pour plus tard, tu dois remplir les réservoirs. D'ailleurs, c'est bizarre que Bam, la mécanicienne, ne s'en soit pas déjà occupée… Que se passe-t-il en salle des machines ?

SI TU PORTES UN POT DE FLEUR, RENDS-TOI EN 59.
SI TU PORTES UNE PEAU DE BANANE, RENDS-TOI EN 62.
SI TU AS UN MINI-MOI, RENDS-TOI EN 65.

37

— ENCORE UNE DE TES EXPÉRIENCES, dit Bert à Boo sur un ton railleur, alors que la chercheuse vient de servir une boisson fatale à Bud. Ce pauvre électricien n'y a pas survécu !

La tranquillité du ton de Bert rassure Boo, soulagée que son crime ne vous perturbe pas.

— C'est pour la science ! déclare-t-elle, passionnée. Je mène des recherches essentielles, il me faut bien des cobayes !

— Que cherches-tu donc ? demandes-tu.

— L'élixir de vie éternelle, répond-elle d'un air inspiré.

Waouh ! Tu aurais préféré le philtre d'amour mais c'est tout de même impressionnant.

Vous comprenez rapidement l'intérêt de vous associer tous les trois. Bert vous avoue qu'elle a déjà éliminé Bam la mécanicienne pour pirater les commandes du vaisseau en salle du réacteur. Il ne reste plus que Buck, Bip et Baz.

Boo a justement trois nouvelles formules d'élixir à tester !

Vous cachez le corps de Bud dans une bouche d'aération. Puis, vous invitez Buck, Bip et Baz à un sympathique pot de fin de journée.

Boo leur sert des cocktails aux ravissantes couleurs. Malheureusement pour eux, aucun ne se révèle être l'élixir de vie éternelle et ils succombent rapidement. Buck, Baz et Bip arborent désormais chacun de jolis motifs colorés ! Vous les disposez dans le bureau de

Ben, cela s'harmonise très bien avec ses peintures abstraites.

Quant à toi, tu te dévoues corps et âme à aider Boo, l'assistant dans ses recherches. Un jour peut-être, elle aura besoin d'un nouveau cobaye... Mais d'ici là, tu savoures chaque seconde auprès d'elle et tu es heureux !

BRAVO !
RETOURNE EN 4 POUR RECOMMENCER L'AVENTURE AVEC BOB
OU CHOISIS UN AUTRE PERSONNAGE.

LES RÉSULTATS DU VOTE sont très mitigés. Bob a préféré s'abstenir et Bam l'a suivi.

Conclusion : personne n'est éliminé ! Et Bert sait que tu as voté contre elle. Zut, maintenant, elle va t'en vouloir.

Tu confies à Ben tes craintes vis-à-vis de Bert. Il te rassure et te renvoie à tes tâches. Il a sûrement raison, c'est la meilleure façon d'oublier tes soucis.

Tu remplis les réservoirs des moteurs depuis un long moment lorsque l'alarme sonne à nouveau !

Cette fois-ci, Buck annonce que Ben a été retrouvé mort, enfoncé dans son canapé. Quel malheur !

Avant de vous lancer dans un vote, Bert propose à Buck de fouiller les lieux du crime, pour éviter les doutes du précédent scrutin.

LIS LA SUITE EN 106.

39

SUR LE CHEMIN pour aller remplir ton bidon d'essence, tu passes une tête en salle du réacteur. Bam, la mécanicienne, chantonne en arrosant les plantes qu'elle a disposées partout dans la pièce. Voilà pourquoi les réservoirs d'essence sont vides, elle est occupée à son jardinage ! Tu la salues et elle te propose gentiment d'arroser ton pot de fleur. Tu lui laisses, partant remplir ton bidon au stock.

Retournant vers la salle des machines pour y verser l'essence collectée, tu repasses chez Bam récupérer ton pot de fleur. Elle se tient dans l'entrée, figée, pétrifiée. Sans vie !

L'alarme qui annonce une assemblée générale retentit. Tu te précipites à la cafétéria où se réunit l'équipage en criant :

— Bam est morte !

Buck se tourne vers toi en disant :

— Quoi ? On vient aussi de trouver Ben mort !

La commandante vous fait tous face :

— Il y a un assassin parmi nous. Mais qui ? Votons.

TU VAS VOTER EN 68.

TU EXAMINES BAM de près. Elle est pétrifiée mais elle a conservé sa couleur marron habituelle, sans rayures ni pois. Tu la renifles... Cette odeur, c'est du désherbant ! Tu reconnais celui que tu utilisais lorsque tu t'es lancé, sans succès, dans le jardinage zen. Boo n'est peut-être pas responsable de ce meurtre-là.

Autour de Bam, un jardin luxuriant se déploie. C'est sympa cette ambiance florale qu'elle a créée dans la salle du réacteur ! Les fleurs sont superbes... sauf cette petite un peu moche avec ses pétales blancs. On dirait celle que Bert porte sur la tête. Et d'ailleurs... le pot entier bouge imperceptiblement !

Haha, tu sais comment sauver Boo ! Tu vas dénoncer Bert et l'accuser des crimes de la chercheuse. Comment faire pour que Bert se trahisse ?

TU ARRACHES LA FLEUR DE BERT, RENDS-TOI EN 66.
TU ARROSES LA FLEUR DE BERT, RENDS-TOI EN 81.

61

BOO TE TENDS UNE BOISSON d'un beau vert gazeux en expliquant :

C'est gentil de prendre un verre avec moi, je sais que tu as beaucoup de travail.

Tu renifles discrètement le liquide. Ça sent bon la menthe. Tu prends une gorgée du breuvage. Hmm, c'est délicieux ! Tu es envahi(e) par une sensation de bien-être. Tiens, que sont ces rayures sur tes pieds ? Des rayures violettes...

C'est la dernière question que tu te poses. Une douce torpeur t'envahit et tu t'enfonces dans un sommeil éternel.

RETOURNE EN 3 POUR RECOMMENCER L'AVENTURE AVEC BIP
OU CHOISIS UN AUTRE PERSONNAGE.

62

TU ENTENDS BAM fredonner dans la salle du réacteur. Elle doit être occupée à arroser ses plantes, c'est une jardinière en herbe !

Et si tu prenais tes précautions ? C'en est fini de ta naïveté, tu sais qu'il est dangereux de marcher seul dans ce vaisseau. Pour repérer l'éventuel passage d'un équipier, tu déposes la peau de banane que tu portes sur la tête dans le couloir entre les deux salles des machines. Si elle est déplacée ou qu'elle a disparu, c'est que quelqu'un sera passé par là.

Tu pars chercher de l'essence au stock. Ça prend un moment mais tu reviens enfin avec ton bidon plein. Sur ton chemin, juste devant la salle des réacteurs, Bob le rouge est allongé au sol.

— Euh... j'ai glissé, dit-il en rougissant encore plus. Sur cette peau de banane.

Que faisait-il là ? Et tu n'entends plus Bam chanter.

Tu entres dans la salle du réacteur et tu la découvres debout devant toi, l'arrosoir à la main, immobile, statufiée.

Sans hésiter, tu demandes une réunion d'urgence.

— Bam est morte, annonces-tu à l'équipage réuni. Et Bob était juste à côté.

— Et moi, je viens de retrouver Ben la tête enfoncée dans son canapé. Il n'a pas survécu, se désole Buck.

— Quoi, deux meurtres ?! Qui est coupable ?

Buck porte la question au vote.

TU VAS VOTER EN 68.

— JE… je ne vois pas de quoi tu parles… bafouilles-tu. Je me suis trompé sur ce que je faisais au poste de sécurité, c'est tout ! Et je ne sais pas ce que tu as contre Boo, mais je pourrais tout aussi bien trouver des preuves contre toi.

Bert a saisi tes menaces voilées et recule d'un pas.

— Bien, restons chacun sur nos positions, fait Bert la verte. C'est dommage, espérons qu'il n'arrivera rien à personne le temps du voyage…

Quel stress ! Pourvu que Bert ne vous dénonce pas. Sinon, tu dissimuleras dans ses affaires les indices contre Boo récupérés à l'infirmerie. Ainsi, elle serait accusée à sa place !

En attendant, il vaut mieux rester sur ses gardes et se faire le plus discret possible.

Il faut empêcher Boo de continuer à tester ses formules sur vos coéquipiers, sinon elle finira par se faire pincer. Tu sacrifies tes brioches préférées et tu les sèmes un peu partout dans les bouches d'aération. Tu parviens à attirer trois rats que tu captures pour les offrir comme nouveaux cobayes à Boo, qui en est ravie et leur donne même des prénoms. Malheureusement, Rabougri et Razibus succomberont (assortis d'un quadrillage bleu canard) à ses nouvelles expériences, et seul Ravioli terminera le voyage (et vivra incroyablement longtemps, maintenant que tu y repenses).

Quant à toi, il faut travailler tes accès de rage, sinon tu risques encore de commettre une agression.

Tu te mets à la méditation et tu bois des tisanes à la camomille.

Un jour, on retrouve Bam la mécanicienne pétrifiée dans la salle du réacteur. On finit par conclure à un accident de manipulation de son puissant désherbant. Mais tu te demandes si Bert ne serait pas responsable… Tu espères qu'il ne t'arrivera pas le même genre « d'accident »…

C'est ainsi que se déroule pour toi le reste du voyage, dans une tension permanente… et le nez enfoui dans tes ennuyeuses factures à traiter !

RETOURNE EN 4 POUR RECOMMENCER L'AVENTURE AVEC BOB
OU CHOISIS UN AUTRE PERSONNAGE.

C'EST PLUS RAPIDE d'éliminer deux personnes d'un coup, Bip d'abord, Buck ensuite. Et puisque tu as piraté les commandes du vaisseau, autant t'en servir ! Tu inscris le nettoyage du filtre à oxygène sur la liste de tâches de Bip. Boo saura l'accueillir dans son labo avec une boisson de son invention, une de ses nouvelles formules à tester !

Pendant ce temps, tu effaces toute trace des missions effectuées par Buck et tu les attribues à Boo et toi. Cela vous servira d'alibi.

L'affaire est rondement menée, Boo est une alliée efficace et parvient à attirer Bip dans ses filets sans difficulté. Voilà au moins une personne compétente dans cette équipe. Lorsque Bip s'écroule comme prévu dans le labo de Boo, le corps constellé de pois verts, tu sabotes les lumières du vaisseau.

Dans le noir, tu pars discrètement à la cafétéria. Votre stratagème est en place !

En pleine obscurité, Boo, faussement effrayée, pousse un cri :

— Au secours ! Quelqu'un a tué Bip !

LIS LA SUITE EN 70.

TU PARS REMPLIR ton bidon au stock. Cette tâche est longue, alors tu postes ton mini-moi pour faire le guet. Avec tous ces meurtres, tu préfères savoir qui rôde alentour. Alors que ton bidon est presque plein d'essence, l'animal se précipite vers toi et couine pour que tu le suives jusqu'à la salle du réacteur. Tu y parviens en même temps que Buck, qui te lance :

— Bip, je venais vous chercher, Bam et toi ! C'est terrible, Ben est mort !

Encore un meurtre ? Qui en voudrait à Ben le psy ?

Buck et toi entrez dans la salle du réacteur pour chercher Bam. Le lieu est rempli des plantes vertes que la mécanicienne, amatrice de jardinage, a installées. Mais à l'entrée, une étrange hôtesse vous accueille, debout, raide. C'est Bam ! Paralysée.

— Qui a pu faire ça ? s'écrie Buck.

— Mon mini-moi a tout vu ! Mini, dis-nous qui est coupable ! demandes-tu à ton mini-moi.

Ce dernier saute sans arrêt d'une feuille vert vif du palmier nain au ficus vert pâle. Que tente-t-il de te dire ?

Buck appelle au vote pour déterminer le coupable des deux crimes atroces.

TU VAS VOTER EN 68.

TU TRAVERSES les couloirs en criant :

— Bert a tué Bam ! J'ai la preuve, j'ai sa fleur !

Tes cris attirent Bip, Buck, Boo et Baz, et bientôt aussi Bert, essoufflée derrière toi.

— Pas du tout ! s'insurge Bert. C'est Bob qui a tué Bam ! Je l'ai découvert et il a arraché ma fleur ! Et d'abord, que faisais-tu en salle du réacteur ?

— Moi ? Mais, je... je passais par là. J'ai enclenché le vide-ordures de la cafétéria et j'allais au stock pour expulser les déchets !

C'est un alibi crédible : tous les membres du vaisseau savent que la fastidieuse corvée de poubelles se fait toujours en deux étapes.

— Tu n'as pas pris le couloir devant ton bureau ? t'interroge Bip. C'est plus court.

— Euh... je voulais me dégourdir les jambes.

— Tirons ça au clair, annonce Buck. Si Bob dit vrai, il y aura des ordures à expulser au stock, allons vérifier.

Tu te rends compte soudain de ta terrible erreur : ils vont trouver le corps de Bud !

Lorsque Bip ouvre la trappe à ordures dans le stock, son corps rose à pois verts roule sur le sol.

Tous les regards se tournent vers toi. Difficile d'expliquer désormais ton curieux alibi.

Tu sais que tu es condamné. Tu tends à Boo la fleur de Bert dans un dernier cadeau d'adieu, prêt à accepter pour elle ton expulsion dans l'espace.

RETOURNE EN 4 POUR RECOMMENCER L'AVENTURE AVEC BOB
OU CHOISIS UN AUTRE PERSONNAGE.

67

UNE FOIS BOB ACCUSÉ de vos meurtres, le reste de l'équipage sera moins méfiant, et d'autant plus facile à éliminer !

Boo et toi signalez la mort de Bill, l'air faussement affolé.

Buck est épouvantée par la nouvelle. La commandante demande à Baz le cuisinier de rassembler les autres pour déterminer le coupable. Au bout de quelques minutes, ce dernier revient annoncer dans un sanglot la mort de la mécanicienne Bam, mais aussi celle de l'électricien Bud et du psychologue Ben !

Bud et Ben ? Qui est responsable de ces disparitions-là ? Y aurait-il encore un imposteur à bord ? Ou est-ce Boo qui t'aurait caché d'autres crimes ? Serait-elle encore plus dangereuse que prévu ?

COMME CONVENU, TU VOTES CONTRE BOB, RENDS-TOI EN 69.
TU CHANGES D'AVIS ET TU VOTES CONTRE BOO, RENDS-TOI EN 80.

POUR MENER UN VOTE plus éclairé, Buck est allée relever les vidéos des caméras de surveillance au poste de sécurité. Dans le couloir qui mène à la salle de Bam, elles montrent ta présence ainsi que celles de Bob le rouge et de Bert la verte. Quant au bureau de Ben, Bob et Buck y sont passés, et Buck prétend que Ben était déjà inerte lorsqu'elle l'a trouvé. Seul Baz n'a jamais bougé de la cafétéria… en tout cas, si l'on s'en tient à ce que montrent les vidéos.

Tes soupçons pèsent donc sur Bert et Bob… mais aussi… tu n'oses pas te l'avouer, pourtant il faut bien le dire… Et si Buck avait menti ? Ce serait terrible si la commandante que tu admires tant avait commis un tel acte. Terrible, mais pas impossible… Contre qui voter ?

TU VOTES CONTRE BOB, RENDS-TOI EN 71.
TU VOTES CONTRE BERT, RENDS-TOI EN 72.
TU VOTES CONTRE BUCK, RENDS-TOI EN 84.

VOUS N'ÊTES donc plus que six à voter. Avec Boo, vous prétendez avoir trouvé dans le bureau de Bob le comptable d'étranges liquides que vous désignez comme armes des crimes. À vous deux, Boo et toi n'avez aucun mal à convaincre Buck, Bip et Baz de la culpabilité de Bob le rouge. Personne n'imagine un instant que vous vous êtes liguées contre lui. Bob, dépité, visiblement très déprimé, fait un coupable idéal.

Le vote se déroule à main levée et même Bob, désespéré, finit par voter contre lui-même.

Il est expulsé dans l'espace. Vous êtes lavées de tout soupçon !

Dans son labo, Boo t'invite à fêter cela et vous sert à chacune un verre de champagne.

— À Bob ! lance-t-elle dans un toast ironique.

Tu te méfies. Est-ce une nouvelle mixture mortelle de Boo ? Elle porte le verre à ses lèvres. Rassurée, tu avales une gorgée. Mais juste avant que le champagne n'atteigne la bouche de Boo, elle se reprend :

— Et bon vent à toi !

Comment cela ? Tu ne vas nulle part !

Ce champagne a un goût amer... Tu comprends, mais trop tardivement, que tu viens de rejoindre la liste des victimes de Boo.

RETOURNE EN 2 POUR RECOMMENCER L'AVENTURE AVEC BERT
OU CHOISIS UN AUTRE PERSONNAGE.

C'EST LA PAGAILLE un instant, puis les lumières se rallument. Tu accours vers le labo de Boo, où Bob, Baz et Buck sont rassemblés devant le corps inerte de Bip.

– Je revenais de vider les ordures dans le stock et j'ai trouvé Bip à terre ! se lamente Boo, faussement éplorée.

– Et moi, j'ai fait le tour du vaisseau, explique Baz, essoufflé. Bam, Bill, Bud et Ben sont morts aussi !

Bill, tu le savais, et Bam aussi, puisque tu l'as tuée. Mais Bud ? Et Ben ? Tu jettes un regard interrogateur à Boo, qui hausse discrètement les épaules. Ces meurtres sont-ils aussi son œuvre ? Ou celle d'un autre équipier ?

Buck vous interroge l'un après l'autre pour connaître vos positions.

– Je téléchargeais des données à la cafétéria quand j'ai entendu crier Boo, expliques-tu. Vérifie, c'est sur ma liste de tâches.

Après contrôle, effectivement, chacun a fait ce qu'il prétend.

– Et toi, Buck, où étais-tu ? demande Boo perfidement.

– Moi ? Je réparais la panne d'éclairage !

– Ah bon ? Tu n'étais pas plutôt en train de le saboter ? suggères-tu.

– Bien sûr que non ! proteste Buck, scandalisée. Vérifiez mes tâches si vous ne me croyez pas !

Votre plan fonctionne à merveille : rien de ce que Buck prétend avoir fait n'apparaît dans sa liste de tâches. Vous appelez au vote : quelqu'un doit payer pour les meurtres du vaisseau !

LIS LES RÉSULTATS DES VOTES EN 73.

TU AS VOTÉ contre Bob. Les résultats ont été serrés ! Mais c'est tranché et Bob est bien condamné. En plus, c'était un mauvais comptable, il laisse une pile immense de factures à traiter !

À peine est-il expulsé dans l'espace que l'alerte en cas de fuite d'oxygène se met à sonner.

Comment ? N'avez-vous pas éjecté le dernier imposteur du vaisseau ?

Tu sais qu'il faut deux personnes, l'une dans le labo, l'autre dans le bureau administratif, pour taper le code et réparer la fuite.

— Quel est le code pour l'oxygène, déjà ? demandes-tu.

— Euh… 1-2-1-2, répond Bert.

— Non, c'est 1-2-3-4, corrige Buck.

Le mieux serait de travailler en équipe, si un imposteur rôde dans le vaisseau ! Mais que se passerait-il s'il se retrouvait seul avec un équipier ? Comment se répartir ? Avec toi, il reste Buck, Baz et Bert à bord. Vous êtes quatre, vous pourriez faire deux équipes de deux ! Bert n'a pas l'air de bien connaître ses codes, elle aura peut-être besoin d'aide. Buck semble toutefois plus fiable, elle a donné le bon code d'emblée. Tu l'admires tant, ce serait l'occasion qu'elle t'enseigne quelques techniques de maintenance.

TU FAIS ÉQUIPE AVEC BUCK, RENDS-TOI EN 76.
TU FAIS ÉQUIPE AVEC BERT, RENDS-TOI EN 77.

TU AS LA CONVICTION que le comportement de Bert est louche mais les preuves sont trop minces pour être convaincantes. Résultat, les votes sont à égalité. Évidemment, Bert a voté contre toi ! Il faut se méfier d'elle...

Tu n'as plus qu'à repartir mener tes tâches, en restant vigilant(e).

72

Tiens, une nouvelle mission s'inscrit sur ta liste : planifier la navigation. C'est inhabituel, elle est en général réservée aux pilotes. Ce serait l'occasion d'observer Bert sur son lieu de travail. À moins que tu abandonnes tes tâches un instant ? Tu pourrais enquêter au poste de sécurité pour examiner les allées et venues de chacun ?

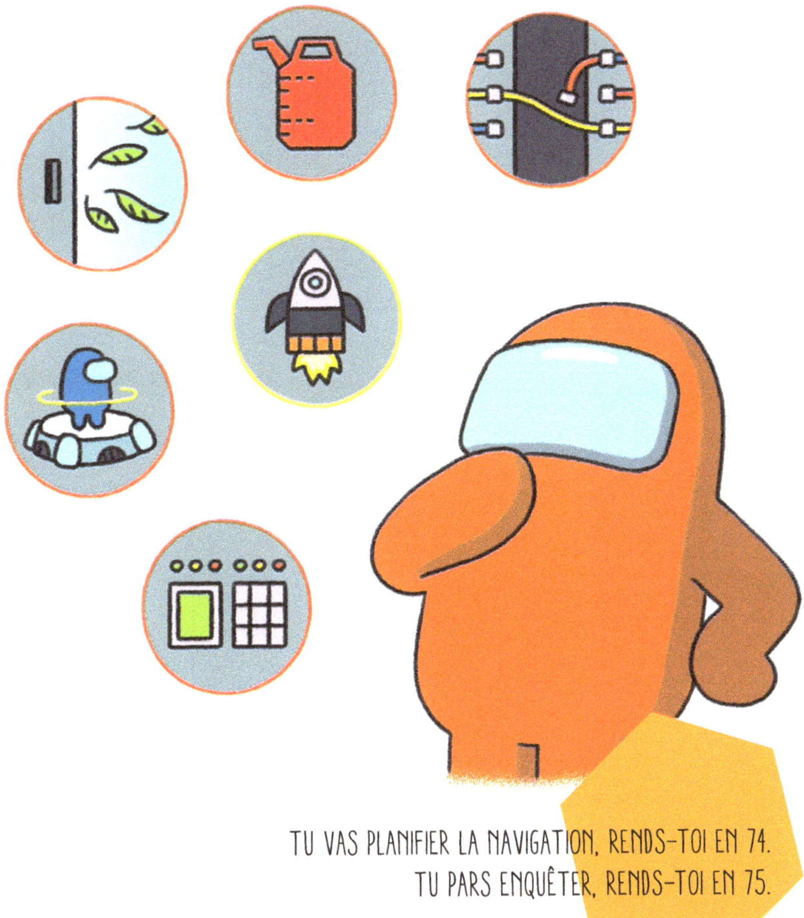

TU VAS PLANIFIER LA NAVIGATION, RENDS-TOI EN 74.
TU PARS ENQUÊTER, RENDS-TOI EN 75.

73

LES VOTES APPARAISSENT sur les écrans de vos tablettes.

Victoire ! Buck est éliminée ! Tu as bien trafiqué les preuves contre elle. Adieu commandante ringarde et sans saveur, le pouvoir va être à toi ! Enfin, ton intelligence supérieure est saluée, tes efforts récompensés, ton excellence reconnue ! Il faut se débarrasser de Buck sans tarder, ce n'est qu'un déchet sur TON vaisseau.

Vous actionnez l'ouverture vers l'extérieur pour l'éjecter. Baz se trouve à proximité du sas. Un petit coup de pied bien placé et il la rejoindrait dans l'espace. C'est une opportunité pour te débarrasser encore d'un équipier...

TU POUSSES BAZ DANS L'ESPACE, RENDS-TOI EN 79.
TU LAISSES BUCK ÊTRE ÉJECTÉE SEULE, RENDS-TOI EN 104.

EN SALLE DE NAVIGATION, tu retrouves Bert.

— Je t'attendais, dit-elle joyeusement.

— Je ne savais pas que planifier la navigation faisait partie de mes attributions ! t'étonnes-tu.

— Je dois te former en cas de problème, ordre de Buck !

Tu comprends mieux. C'est vrai qu'avec toutes ces disparitions, il vaut mieux être multitâche.

— Installe-toi ici, propose Bert. Je vais te montrer des astuces de pilote.

Tu t'assois sur le siège central, celui de Buck. C'est impressionnant d'être à la place de la commandante !

— C'est confortable, te réjouis-tu.

— Oui, c'est ce que Buck disait. Enfin, jusqu'à ce que je pirate les commandes.

Surpris(e), tu te tournes vers elle.

— J'ai même ajouté une légère modification, poursuit-elle. Ce siège est devenu... éjectable !

Soudain, une forte pression sous les fesses... te projette hors du vaisseau !

Tu t'es fourré(e) dans la gueule du loup ! Ton voyage est terminé.

RECOMMENCE L'AVENTURE DE BIP AU DÉBUT EN 3
OU SÉLECTIONNE UN AUTRE ACCESSOIRE EN 56.
TU PEUX AUSSI CHOISIR UN AUTRE PERSONNAGE.

TU T'INSTALLES au poste de sécurité pour visualiser les caméras de surveillance. Malheureusement, elles ne couvrent pas tout le vaisseau. Tu te concentres sur Bert, que tu soupçonnes. Tu la vois passer dans le couloir, puis entrer en salle de navigation, mais pas en ressortir. De même, Baz pénètre dans la cafétéria et Buck en salle des machines, puis semblent y rester. Ils doivent chacun être occupés à leurs tâches.

Soudain, dans le couloir entre la salle des boucliers et le poste de défense, tu aperçois Bob le rouge sortir d'une bouche d'aération, pour y retourner aussitôt ! Tu vérifies le plan : cette bouche d'aération mène à son bureau ou à la cafétéria. Mais pourquoi cherche-t-il à dissimuler ses allées et venues au lieu d'emprunter les couloirs ? Il a sûrement quelque chose à cacher. Il a dû se tromper en arrivant dans ce couloir et est reparti chercher son goûter à la cafétéria. À moins que... Baz le cuisinier se trouve aussi dans la cafétéria. Bob doit en vouloir à sa vie !

Vite, tu fonces à la cafétéria.

TU TENTES D'EMPÊCHER BOB D'AGIR, RENDS-TOI EN 78.
TU APPUIES SUR L'ALARME DE LA CAFÉTÉRIA, RENDS-TOI EN 83.

BUCK NE POURRAIT JAMAIS te trahir, c'est forcément la binôme idéale ! Ensemble, vous courez au bureau administratif entrer le code qui permettra de réparer la fuite d'oxygène. Vous accomplissez l'opération rapidement. Un instant soulagé(e)s, vous attendez que l'alarme cesse. Elle continue cependant de sonner.

Soudain, tu comprends ton erreur. Buck est bien irréprochable, cela signifie donc que l'imposteur est dans l'autre équipe ! Et a sûrement empêché que le sabotage de l'oxygène soit réparé !

Bientôt, tu sens que tu manques d'air. Tu ne connaîtras jamais l'identité de votre agresseur mais tu te maudis d'échouer si près du but !

RECOMMENCE L'AVENTURE DE BIP AU DÉBUT EN 3
OU SÉLECTIONNE UN AUTRE ACCESSOIRE EN 56.
TU PEUX AUSSI CHOISIR UN AUTRE PERSONNAGE.

TU TE MÉFIES DE BERT la verte, alors autant la garder à l'œil. Vous vous dirigez vers le local à oxygène, et tu prends soin de ne pas lui tourner le dos.

Arrivé(e) au labo, tu te dépêches d'entrer le code pour réparer la fuite, en restant à bonne distance de Bert. Ouf, l'alerte s'arrête ! Buck et Baz ont dû entrer le code aussi dans le bureau administratif.

Tu soupçonnes Bert d'être une criminelle. Sans preuve contre elle, tu la gardes constamment sous surveillance pendant le reste du voyage. Tu veilles à ce qu'elle ne soit jamais seule en compagnie d'un autre équipier.

Cela complique ton travail mais tu y parviens. Au début, Buck te trouve un peu collant(e), surtout lorsque que tu te tiens debout sans rien faire à les regarder naviguer, Bert et elle. Tu tâches toutefois de les aider autant que possible et Buck finit par apprécier d'avoir un membre de l'équipage si serviable. Elle prend l'habitude de te raconter ses premiers vols, du temps où elle n'était qu'une simple agente de maintenance comme toi.

Tu dors peu, car tu restes toujours sur le qui-vive, à vérifier tous les mouvements de Bert. Mais tes efforts sont récompensés ! Au terme du voyage, qui s'est déroulé sans nouvel accident, Buck te félicite : tu fais désormais partie de l'élite des équipiers !

BRAVO ! RECOMMENCE L'AVENTURE DE BIP AU DÉBUT EN 3
OU SÉLECTIONNE UN AUTRE ACCESSOIRE EN 56.
TU PEUX AUSSI CHOISIR UN AUTRE PERSONNAGE.

78

TU ARRIVES HORS D'HALEINE à la cafétéria alors que Bob avance à pas de loup jusqu'à Baz. Ce dernier, sifflotant, le nez sur son velouté qui mijote, tourne le dos au comptable rouge. Tu hurles :

— Baz, attention !

À ton cri, Bob se retourne. En te voyant, il se précipite vers toi. Tu as tout juste le temps d'identifier qu'il tient une louche à la main : il te l'assène sauvagement.

Tu as courageusement préservé la vie de Baz. Malheureusement, tu y as laissé la tienne. Cela suffira-t-il pour sauver les derniers équipiers du *Bulb* ? Rien n'est moins sûr...

RECOMMENCE L'AVENTURE DE BIP AU DÉBUT EN 3
OU SÉLECTIONNE UN AUTRE ACCESSOIRE EN 56.
TU PEUX AUSSI CHOISIR UN AUTRE PERSONNAGE.

IL T'A SUFFI d'étendre la jambe pour que Baz quitte le vaisseau avec Buck, tous deux projetés dans l'espace. Cela laisse tes deux autres équipiers plutôt indifférents : Boo hausse encore les épaules et Bob n'a d'yeux que pour Boo. Il semble amoureux d'elle.

Le vaisseau est enfin à toi ! Plus besoin d'obéir à des ordres stupides, tu t'autopromeus commandante !

Pendant ce temps, Boo poursuit ses expériences. Un jour, elle soumet à Bob un nouvel élixir qui fleure bon l'anis. Malheureusement, ce n'est toujours pas celui de la vie éternelle. Bob y succombe, prenant une jolie teinte argentée.

Il ne reste plus que toi et Boo à bord du vaisseau. Sa compagnie est agréable mais elle continue ses recherches sans relâche.

Alors, tous les matins au petit déjeuner, tu hésites à boire ton lait fraise...

BRAVO ! TU PEUX RETOURNER EN 2 POUR TENTER UN PARCOURS ENCORE PLUS SATISFAISANT OU CHOISIR UN AUTRE PERSONNAGE.

80

BOO SEMBLE vraiment trop dangereuse. Après tout, pourquoi ne pas la laisser payer pour ses crimes... et le tien ? Sans lui laisser le temps d'accuser Bob, tu soutiens qu'elle est coupable. La chercheuse proteste, t'accuse du meurtre de Bam, mais elle n'a aucune preuve. Alors que tes dires sont vite confirmés : les armoires du laboratoire de Boo regorgent de médicaments volés à Bill l'infirmier et son journal de recherche la trahit. Buck vous demande de voter sur vos tablettes. Les résultats s'affichent.

Ouf, Boo est éliminée. Bien sûr, elle a voté contre toi. Et Bob aussi ! C'est embêtant, tu t'es peut-être créé un nouvel ennemi.

Boo est projetée dans l'espace. Tu l'entends te maudire, et tu te diriges vers le bureau de Bob pour enquêter sur son cas.

TU PARS ENQUÊTER CHEZ BOB, LIS LA SUITE EN 82.

81

TU VERSES le contenu entier d'un arrosoir sur la petite fleur blanche, puis tu le lâches pour foncer à la cafétéria lancer l'alarme. Dès que l'équipage est rassemblé, tu t'écries :

– Bam est morte ! Je l'ai trouvée statufiée dans la salle du réacteur. Et je sais qui l'a assassinée. C'est Bert !

– Moi ? fait Bert qui vient seulement d'arriver et semble se déplacer difficilement.

– Mais oui, regardez, elle est trempée ! Je l'ai vue cachée dans le jardin de Bam, alors je l'ai arrosée pour prouver sa culpabilité.

Tes paroles sont vite confirmées lorsque Buck enquête : la copilote a laissé des flaques d'eau sur tout le chemin jusqu'à la salle du réacteur. En plus, elle n'a réalisé aucune de ses tâches : même son badge d'accès n'est pas mis à jour alors que c'est une mission commune à tout l'équipage !

Lorsque la disparition de Bud l'électricien est remarquée, Buck appelle au vote. Soulagé d'avoir trouvé une responsable pour ces meurtres affreux, l'équipage s'empresse d'éliminer Bert par vote et de l'éjecter du vaisseau. Boo est sauvée !

Tu voudrais tant raconter à Boo tout ce que tu as fait pour elle…

TU INVITES BOO À DÉJEUNER, RENDS-TOI EN 107.
TU VAS D'ABORD EXPULSER LE CORPS DE BUD AU STOCK, RENDS-TOI EN 87.

DANS SON BUREAU, Bob le comptable est en larmes. Quel pleurnicheur ! Ces équipiers sont-ils donc tous des chiffes molles ?

— Bouuuuuuh ! se lamente-t-il.

— Allons, allons, qu'est-ce qui ne va pas ? demandes-tu.

— C'est… bouuuuuuuh !

— C'est quoi ?

— Bouuuuuuuh !

Comment discuter avec cet abruti ? Soudain, tu comprends. Ce n'est pas « Bouuuh », mais Boo ! Il pleure Boo ! Elle se plaignait qu'il la collait. Il en était amoureux ? Aïe, et toi qui l'a accusée de tous les crimes…

— Je suis désolée, Bob, expliques-tu. Je suis dévastée d'avoir dû l'accuser. Mais elle était bien coupable. On a les preuves.

Bob te lance un regard noir. Ouh la, il doit t'en vouloir… à mort ! Assez pour t'éliminer ! Il faut jouer serré. Tu fermes la porte derrière toi pour plus de discrétion.

TU TENTES DE LE SÉDUIRE, RENDS-TOI EN 85.
TU DÉVOILES LE MÉPRIS DE BOO POUR BOB, RENDS-TOI EN 96.

83

IL TE FAUT DU RENFORT ! Dès que tu parviens à la cafétéria, tu appuies avec force sur le bouton d'alarme, qui retentit aussitôt. Bob le rouge, à deux pas de Baz le cuisinier qui lui tournait le dos, se fige net. Il se retourne vers toi : il tient une louche à la main. Buck et Bert arrivent toutes les deux, demandant ce qui se passe. Baz est tout aussi étonné, il n'a rien vu de ce qui se tramait derrière lui.

Tu expliques ce que t'ont révélé les caméras de surveillance et tes soupçons sur Bob.

— Je suis innocent ! se défend-il. J'allais goûter la délicieuse soupe de Baz avec ma louche.

— C'est un velouté, pas une soupe, précise Baz. Et c'est ma louche ! Je te prierai de ne pas voler mes ustensiles.

Tu sens que tu as gagné Baz à ta cause : il n'aime pas qu'on lui prenne ses outils, ni qu'on le dérange pendant sa cuisine. Il reste Buck et Bert.

TU TENTES DE CONVAINCRE BUCK, RENDS-TOI EN 86.
TU TENTES DE CONVAINCRE BERT, RENDS-TOI EN 89.

TU AS OSÉ voter contre ta propre commandante ! Mais trop de doutes t'assaillaient. D'ailleurs, Bert a eu les mêmes, si l'on s'en tient aux résultats du vote.

RÉSULTAT DES VOTES

VOTE BLANC : 0

SUITE

— Vous osez m'éjecter de mon propre vaisseau ? s'insurge Buck. Je n'ai pourtant commis aucun de ces meurtres, il s'agit de sûrement de...

Tu ne connaîtras jamais la fin de sa phrase, car Bert lui a donné une pichenette qui l'a projetée à travers le sas.

Quelle tristesse, Buck était ton modèle. Tu as perdu tous tes repères. Tu pars vider les ordures, car, hélas ! il faut bien reprendre le travail. Mais Bert a vu ton chagrin et t'arrête avant :

— Viens, je vais te montrer quelque chose qui va te consoler.

C'est drôlement gentil de sa part ! Elle t'emmène à la salle du réacteur, où se trouve le magnifique jardin de Bam.

— J'ai découvert une plante vraiment particulière, t'explique Bert en te conduisant devant une gigantesque fleur orange. Regarde, elle est de la même jolie couleur que toi !

Tu te penches vers la plante. C'est bizarre, tu aurais presque juré que la tige bougeait. Et les pétales aussi... Ils sont vraiment énormes !

— Vois-tu, elle était encore toute petite ce matin, puis je l'ai aspergée de désherbant, continue Bert dans ton dos. Le SquareDown, celui que j'ai utilisé pour tuer Bam.

Quoi ? Tu as bien entendu ?

— Tu... Tu as tu... tu as tué Bam ? bégayes-tu.

– Oui, et j'ai ensuite créé cette magnifique plante carnivore ! s'exclame Bert.

Sans que tu aies le temps de réagir, elle te pousse vers la fleur géante. Tu as été dupé(e) !

Tu vois avec terreur les pétales s'ouvrir sur toi. Personne ne t'avait donné de cours de botanique à la Bulb Académie, et tu le regrettes amèrement...

RECOMMENCE L'AVENTURE DE BIP AU DÉBUT EN 3
OU SÉLECTIONNE UN AUTRE ACCESSOIRE EN 56.
TU PEUX AUSSI CHOISIR UN AUTRE PERSONNAGE.

85

SI TU NE VEUX PAS que Bob le rouge se venge contre toi de la mort de Boo, c'est le moment de le séduire.

– Tu dois savoir que j'ai commencé par aller voir Boo avant de l'accuser, lui expliques-tu d'une voix douce. Je n'ai voté contre elle qu'en dernier recours. Car elle m'avait confié que, pour se protéger, elle allait... te dénoncer, toi ! Je ne pouvais pas la laisser faire ça !

– Me dénoncer, moi ? demande Bob d'un air hagard.

Que ce comptable est lent à la détente ! Tu continues à jouer le jeu, jusqu'ici ça fonctionne. Repoussant crayons et trombones, tu t'assois sur son bureau pour t'approcher tout près de lui.

– Oui, toi. Alors que moi... le rouge est ma couleur préférée, précises-tu, l'air énamouré.

Des émotions contradictoires s'affichent sur le visage de Bob. La déception, la colère (tu l'espères, contre Boo), puis le désœuvrement et enfin... l'espoir.

– Et moi, annonce-t-il enfin, je croyais aimer le jaune. Alors qu'en fait... rien n'est plus beau que le vert.

C'est gagné ! Tu as complètement embobiné Bob ! Il est tout à fait crétin mais il pourrait t'être très utile. En revanche, tu dois t'armer de patience, car sa bêtise te donne envie de le frapper à coups d'agrafeuse.

Tu n'as aucun mal à convaincre le comptable subjugué d'éliminer d'autres équipiers. Il déteste sa vie sur ce vaisseau et il serait ravi de supprimer les gêneurs qui lui donnent du travail. Quant à toi, moins il y aura d'incapables à bord du *Bulb*, mieux tu te porteras ! Comment procéder pour en prendre le commandement ?

TU CONSEILLES À BOB D'ÉLIMINER UN ÉQUIPIER, RENDS-TOI EN 88.
TU LUI PROPOSES D'ORGANISER UN SABOTAGE, RENDS-TOI EN 99.

TU EN APPELLES AU GOÛT de la commandante Buck pour l'efficacité.

– Buck, as-tu vu Bob accomplir une seule tâche depuis notre départ ? lui demandes-tu. Allons voir son bureau, examinons ce qu'il a fait !

C'est un argument convaincant : le bureau de Bob est rempli de documents à classer et de factures non traitées.

Buck propose un vote.

RÉSULTAT DES VOTES

VOTE BLANC : 0

Ta stratégie se révèle gagnante : Bob est éliminé et éjecté du vaisseau immédiatement !

— Nous ne sommes plus très nombreux, il faut vite assurer nos tâches, ordonne Buck. Je pars stabiliser le pilotage en salle de navigation. Bert, nous risquons de croiser des astéroïdes, va préparer les boucliers pour nous en protéger.

Quant à toi, Buck t'ordonne de redémarrer les réacteurs, ce qui t'occupera un moment, et de télécharger des données du bureau de la communication à celui de l'administratif. C'est plus rapide, mais cela nécessite deux étapes.

TU PARS TÉLÉCHARGER DES DONNÉES, RENDS-TOI EN 90.
TU VAS REDÉMARRER LES RÉACTEURS, RENDS-TOI EN 92.

87

C'EST PLUS PRUDENT de d'abord faire disparaître le corps de Bud. Tu te rends au stock mais Bip s'y trouve déjà, sûrement à quelques mètres du corps de Bud !

Il faut agir vite. C'est une occasion en or pour détourner les soupçons vers quelqu'un d'autre ! Tu sabotes la porte pour la bloquer et tu cours chercher Buck en route pour la salle de navigation.

— Bip tambourine à la porte du stock ! lui expliques-tu d'un air naïf. La porte est coincée.

La commandante t'aide à la débloquer et à libérer Bip. À l'intérieur, Buck, devenue soupçonneuse, inspecte la pièce et trouve Bud sans vie dans la trappe à ordures.

Malgré ses protestations, cette fois-ci les votes contre Bip sont tranchés. Grâce à tes manœuvres et ses agissements suspects, son expulsion est définitive !

Tu vas déclarer ta flamme à Boo. Une preuve d'amour, voilà ce qu'il te faut ! Dans ton bureau, tu emballes dans une jolie boîte la plume qu'elle a semée près du corps de Bill.

Tu marches jusqu'à son labo, et lorsqu'elle t'ouvre la porte, tu lui tends la boîte.

— Boo, je t'offre cette plume en symbole de mon amour, car mon cœur s'envole quand je te vois, lui déclares-tu avec passion.

VA DÉCOUVRIR LA RÉACTION DE BOO EN 91.

88

BOB PROPOSE d'éliminer Baz le cuisinier. C'est une bonne idée, et puis tu veux te garder le plaisir d'éliminer Buck toi-même. Tu rêves déjà de ce que tu pourrais lui infliger. Dommage que les ciseaux de Bob soient à bouts ronds, c'était l'instrument parfait pour une mort rapide. À moins que tu infliges à Buck un long supplice... L'attacher à une chaise et la forcer à écouter Bob raconter ses souvenirs de vacances ?

Quant au comptable, il semble si pressé de supprimer Baz que tu jurerais qu'il n'en est pas à son premier meurtre...

Quelle arme choisir ? En utilisant un ustensile de cuisine, personne ne pourra identifier le coupable, puisque l'arme proviendra de la cuisine de la victime. Mais en frappant Baz avec un des gros classeurs de Bob, cela attirera les soupçons vers le comptable... et les détournera de toi !

TU RECOMMANDES À BOB LE CLASSEUR, RENDS-TOI EN 94.
TU SUGGÈRES À BOB UN USTENSILE DE CUISINE, RENDS-TOI EN 102.

89

— BERT, je sais que nous avons eu nos différends, je regrette d'avoir voté contre toi. Je me rends compte que j'ai eu tort. J'ai la certitude désormais que Bob est coupable. Tu dois me croire ! la supplies-tu.

Baz hoche la tête à côté de toi pour soutenir tes propos.

— Je veux bien... répond Bert d'un air songeur.

Les yeux plissés, Buck semble réfléchir. Elle n'a pu qu'entendre la sincérité de tes dires. Tu espères l'avoir aussi convaincue. C'est peut-être gagné !

LIS LES RÉSULTATS DES VOTES EN 105.

TU PRÉFÈRES te consacrer à des tâches fragmentées, elles te laisseront les mains libres plus rapidement en cas d'urgence… ou de danger. Tu as à peine terminé de télécharger les données au bureau de la communication que deux nouvelles missions s'ajoutent à ta liste : préparer les boucliers et stabiliser le pilotage. N'était-ce pas celles assignées à Buck et à Bert ? C'est étrange, que font-elles donc ?

Tu devrais peut-être aller voir ce qui se passe. Tu pourrais déjà vérifier facilement si les boucliers sont allumés. À moins que tu préfères aller directement en salle de navigation, que Buck et Bert occupent en général toutes les deux lorsque leurs tâches sont terminées ? Ou devrais-tu terminer les tiennes d'abord ?

TU PARS EN SALLE DE NAVIGATION, RENDS-TOI EN 95.
TU VAS VÉRIFIER LES BOUCLIERS, RENDS-TOI EN 98.
TU TERMINES LE TÉLÉCHARGEMENT DES DONNÉES, RENDS-TOI EN 100.

91

SURPRISE PAR TA DÉCLARATION, Boo t'interroge du regard. Hum, il va falloir être plus explicite. Tu lui racontes tout ce que tu as fait pour éloigner d'elle les soupçons. Pour la première fois, elle t'écoute vraiment.

— Boo, sois raisonnable, cesse tes expériences, elles te mettent en danger ! la supplies-tu.

— Mais j'ai encore deux formules à tester ! proteste Boo.

Que ne ferais-tu pour ton amour...

Alors vous convenez d'un plan.

À l'heure du dîner, Baz et Buck s'installent à table autour d'un verre et Boo les rejoint. Buck, toujours méfiante, exige désormais que chacun choisisse sa boisson directement dans le frigo de Baz pour éviter tout empoisonnement. Tu les surveilles discrètement à l'entrée de la cafétéria et tu cours saboter l'électricité pour les plonger dans l'obscurité. Puis, après quelques minutes, tu répares les lumières et les rejoins en souriant dans la cafétéria. Boo te confirme d'un clin d'œil que votre plan s'est déroulé comme prévu.

Car elle a profité de l'obscurité pour se glisser jusqu'à son labo par la bouche d'aération, puis en revenir aussitôt par le même chemin, équipée de ses nouvelles potions. Elle a même prévu plusieurs teintes possibles, pour les intervertir facilement avec l'apéritif que Buck et Baz se sont servis !

Vous trinquez tous ! Baz et Buck avalent d'un trait leur cocktail revisité par Boo. Le beau noir de Buck se retrouve tacheté de petits triangles blancs, tandis que le blanc de Baz se zèbre de noir. C'est très joli même si ce n'est pas le résultat espéré par Boo. Baz et Buck s'écroulent dans leur assiette.

Dommage pour eux... mais te voilà enfin seul avec Boo ! Tu te saisis de ta grenadine (enfin, tu es presque sûr que c'est de la grenadine) pour trinquer avec elle à votre amour éternel...

BRAVO !
TU AS RÉALISÉ LE MEILLEUR PARCOURS POUR ATTEINDRE TON OBJECTIF ! TU PEUX CHOISIR UN AUTRE PERSONNAGE EN 2 OU 3.

92

AU FOND DE LA SALLE DU RÉACTEUR, tu te places face au clavier pour le redémarrer. C'est compliqué ! Il faut taper sur plusieurs boutons dans un ordre bien déterminé. Zut ! Tu t'es trompé(e) ! Tu recommences, il faut bien te concentrer. Une fois, deux fois, voilà, tu y es presque. Ça y est, le réacteur vrombit, il démarre. Et même... il avance ! Droit sur toi !

Quelqu'un a dû dévisser ses fixations pour le saboter. Tu étais si focalisé(e) sur le clavier que tu ne t'en es pas rendu compte. Il va t'écraser !

Il restait un imposteur à bord et il a eu ta peau...

RECOMMENCE L'AVENTURE DE BIP AU DÉBUT EN 3
OU SÉLECTIONNE UN AUTRE ACCESSOIRE EN 56.
TU PEUX AUSSI CHOISIR UN AUTRE PERSONNAGE.

LA VIE ÉTERNELLE ? C'est tentant. Le liquide de la fiole brille comme un lingot d'or. Tu ne résistes pas à la tentation, tu en avales une gorgée. Mmmmh, délicieux, c'est onctueux et sucré.

Mais ce goût... tu le connais ! C'est du miel ! Tu dirais même un succulent miel de lavande.

Oups, ce n'est pas l'élixir de vie éternelle. Cette gourmande de Boo s'est constituée une petite réserve personnelle !

IL EST TEMPS DE T'ASSOCIER À BOO, RENDS-TOI EN 52.

TANDIS QUE BOB te tourne le dos pour attraper son plus gros classeur, tu inscris d'une belle encre rouge le mot « Factures » sur une étiquette. Faisant mine d'évaluer le poids du dossier, tu t'en saisis et colles discrètement l'étiquette dessus. Bob ne remarque même pas la différence, il ne doit pas le consulter souvent. Et toi, tu as marqué l'arme du crime d'une preuve supplémentaire contre Bob !

Ce dernier file à la cafétéria.

Une heure plus tard, tandis que tu te prélasses en salle de navigation (ce qui te fera un parfait alibi), l'alarme annonce une réunion d'urgence.

Vous découvrez que Baz est mort à la cafétéria. Bob réprime difficilement un sourire.

Tu fais mine d'examiner le cadavre.

— Là, sur sa tête ! t'exclames-tu. Une trace !

Bip déchiffre l'inscription sur le blanc de Baz, tâché par l'encre fraîche du classeur.

— On dirait un mot à l'envers... Quelque chose comme : « factures »...

Tous les regards se tournent vers Bob le comptable. Ton plan a parfaitement fonctionné !

Le vote qui élimine Bob est vite mené. Il se défend à peine, ne te soupçonnant pas un instant, puisque c'est son arme qui l'a trahit. Projeté dans l'espace, il te lance un dernier coucou à travers le hublot.

LIS LA SUITE EN 101.

TU ENTRES en salle de navigation : aucune trace de Buck. Bert est confortablement installée sur le siège central, celui de la commandante.

— Où est Buck ? demandes-tu.

— Buck ? Elle est là, répond Bert d'un geste vers l'extérieur du vaisseau.

Comment ça, « là » ? Devant toi, c'est l'espace infini, le noir constellé de quelques étoiles. Tu scrutes l'horizon : un petit point noir qui vogue dans la nuit éternelle brille un court instant. Quelle horreur, c'est Buck !

— Mais qu'as-tu fait ? t'écries-tu.

— Moi ? Oh, j'ai fait ça.

Bert verrouille la ceinture de sécurité qui l'attache à son siège, puis elle appuie sur un bouton. C'est celui du sas qui ouvre vers l'espace !

Soudain, tu te sens aspiré irrésistiblement vers l'extérieur. Toujours fidèle, tu vas rejoindre ta commandante Buck pour partager son destin... hors du vaisseau.

RECOMMENCE L'AVENTURE DE BIP AU DÉBUT EN 3
OU SÉLECTIONNE UN AUTRE ACCESSOIRE EN 56.
TU PEUX AUSSI CHOISIR UN AUTRE PERSONNAGE.

— SOUS SES JOLIS AIRS JAUNES, l'âme de Boo était bien noire, racontes-tu à Bob le rouge. Elle a tué nos compagnons ! Et elle était méprisante... surtout envers toi.

Bob paraît tendu. Difficile de savoir si c'est contre toi ou à l'évocation de Boo.

— Elle a même prétendu que tu étais collant, et... stupide ! reprends-tu.

— Ce n'est pas vrai ! crie Bob, au désespoir.

— Si, et que... tu avais une tête de tomate ! brodes-tu pour enfoncer le clou.

Tu en as trop fait. Bob se lève d'un bond. Plutôt que de le mettre de ton côté, tu l'as rendu furieux. Il est triste, vexé, humilié... et rouge de colère. Il se saisit d'un très gros dossier de comptabilité (les factures impayées).

Tu recules d'un pas. Tu regrettes d'avoir fermé la porte. Et s'il était, lui aussi, capable de meurtre ?

Il lève le dossier... et frappe.

Enfouie sous une pile de papiers, personne ne te retrouvera jamais.

RETOURNE EN 2 POUR RECOMMENCER L'AVENTURE AVEC BERT
OU CHOISIS UN AUTRE PERSONNAGE.

97

ALORS QUE TU PÉNÈTRES dans la salle du réacteur, la lumière s'éteint soudainement. Encore une panne ? Tu avances à tâtons et tu te cognes contre un pilier. Tu t'étales de tout ton long dans un grand plouf ! Une grosse flaque d'eau a amorti ta chute.

Tu te relèves péniblement. En allumant ta lampe frontale de secours, tu découvres, horrifié(e), que ce qui t'a fait tomber n'est pas un pilier : c'est Bam la mécanicienne ! Pétrifiée, un arrosoir à la main, c'est elle qui a fait couler l'eau sur le sol, sans doute pour ses plantes qui décorent la pièce.

Tu voudrais déclencher l'alarme mais il faut pour cela réparer la panne d'électricité. Tu te dépêches de le faire dans le local électrique.

À peine as-tu rallumé l'éclairage que l'alarme se déclenche. D'autres ont dû découvrir Bam !

En effet, les cinq membres restants de l'équipage t'attendent, rassemblés autour de la pauvre mécanicienne. Bert la verte tend un doigt accusateur dans ta direction :

– C'est toi qui as assassiné Bam ! D'ailleurs, tu dégoulines encore de l'eau de son arrosoir !

– Quoi ?! Non ! J'ai trébuché dans le noir, bredouilles-tu.

– Ou bien tu t'enfuyais ? dit Boo, les sourcils froncés.

SUITE »

Tu tentes de te défendre mais des preuves, bien que maigres, t'accusent.

Trois voix se portent contre toi, les trois autres, dont la tienne, ont voté blanc. C'est suffisant pour t'éjecter du vaisseau ! Et dans l'espace, nul ne peut t'entendre clamer ton innocence...

RETOURNE EN 3 POUR RECOMMENCER L'AVENTURE AVEC BIP
OU CHOISIS UN AUTRE PERSONNAGE.

TU VAS CONTRÔLER les boucliers, la salle est juste à côté. Ils n'ont pas été activés ! Bert n'obéit donc plus aux ordres de Buck ?!

C'est suspect. Il faut vérifier la salle de navigation. Tu dois aussi t'assurer de ta sécurité et ne pas agir seul(e). Tu te méfies de Buck et de Bert, car aucune n'a accompli ses tâches. Il reste Baz. Espérons que tu pourras lui faire confiance !

Tu le trouves dans la cafétéria. Il déteste être dérangé, surtout quand il prépare un soufflé. Mais lorsque tu lui expliques la situation, il avoue qu'il n'est pas non plus rassuré. Il accepte de t'accompagner. Cependant, le *Bulb* mène une mission pacifique, vous n'êtes pas armés ! Vous fouillez la cuisine pour tenter de vous équiper.

Vous avancez discrètement jusqu'à la salle de navigation. Tu jettes un œil par l'entrebâillement de la porte : tout est calme. Bert est installée sur le siège central, en général occupé par la commandante Buck.

Soudain, tu entends une voix :

— Au secours !

LIS LA SUITE EN 103.

VOUS POURRIEZ SABOTER le réacteur ! Bam n'est plus là pour le surveiller, ce ne sera pas difficile ! Il faut deux personnes pour le réparer en cas de panne. Si vous y allez avec Bob, vous serez deux pour empêcher les autres d'intervenir et vous prendrez possession du *Bulb* !

Bob et toi traversez le vaisseau jusqu'au réacteur. Lorsque vous pénétrez dans la salle, Buck et Bip sont déjà sur place. Tu ne t'attendais pas à les trouver ici.

– Ah… vous êtes là ? s'étonne Bob.

– Oui, avec la disparition de Bam, j'ai peur qu'on vienne saboter le réacteur. J'ai demandé à Bip de le surveiller avec moi. Et vous, que faites-vous là ? s'inquiète Buck, les sourcils froncés. Vos lieux de travail se trouvent à l'opposé du vaisseau !

– Oui, euh… c'était pour… euh… arroser les plantes ! réponds-tu.

– Oui, voilà, j'étais inquiet pour le géranium, complète Bob.

– C'est un bananier, précise Bip.

Buck vous regarde d'un air suspicieux. Elle n'a plus confiance. Elle annonce qu'elle supervisera Bob dans son travail et ordonne à Bip d'effectuer toutes ses tâches avec toi.

Tu es coincée ! S'il arrive la moindre chose à Bip, tu seras immédiatement soupçonnée. Et Bob sera suspect si un malheur arrive à Buck.

Adieu, rêve de pouvoir ! Le reste du voyage se déroule dans une tension extrême. Le moindre faux pas et tu seras éjectée.

RETOURNE EN 2 POUR RECOMMENCER L'AVENTURE AVEC BERT
OU CHOISIS UN AUTRE PERSONNAGE.

100

TU TE DÉPÊCHES de finir la mise en ligne de tes données au bureau administratif. C'est assez rapide. Tu ressors vite pour t'inquiéter des activités de Buck et de Bert, lorsque sonne l'alarme. C'est celle de la panne d'oxygène ! Vite, tu retournes dans le bureau administratif pour taper le code qui la réparera. Tes coéquipiers ont-ils fait la même manipulation dans le labo, sur le filtre à oxygène ? Tu préfères vérifier et te précipites jusqu'au labo. Le temps est compté !

Aucun signe de Baz dans la cafétéria. Tu cours à travers le poste de défense. Le décompte jusqu'à l'absence d'oxygène s'égrène ! Ce sont les dernières secondes. Enfin arrivé(e) devant le labo, tu entends un rire machiavélique.

Mais c'est fini, tu t'écroules, manquant d'air. Le compte à rebours est terminé… et c'est la fin pour toi aussi.

RECOMMENCE L'AVENTURE DE BIP AU DÉBUT EN 3
OU SÉLECTIONNE UN AUTRE ACCESSOIRE EN 56.
TU PEUX AUSSI CHOISIR UN AUTRE PERSONNAGE.

101

IL NE RESTE PLUS que Bip, Buck et toi à bord. Tu touches au but ! Tu emportes un masque à oxygène et te rends dans le labo de Boo, où se trouve la réserve d'air. Tu actionnes le levier qui la vide. Une alarme stridente se déclenche immédiatement : il reste trente secondes avant que l'oxygène soit épuisé ! Pour réparer une telle fuite, il faut taper un code en même temps dans le labo et le bureau administratif.

Tu entends des pas précipités. C'est Buck, venue pour réparer ! Tu la rassures d'un geste :

– Ne t'inquiète pas ! J'ai déjà entré le code qui remédie à la fuite. Attendons que Bip fasse de même dans le bureau administratif et la panne sera réparée.

Buck est soulagée. 10, 9, 8, 7, 6... Le compte à rebours est bientôt terminé... mais l'alarme sonne toujours.

À cinq secondes de la fin, tu places ton masque à oxygène sur la tête. Tu pointes un doigt rageur vers Buck. Elle y aperçoit une tâche d'encre rouge, la même que celle utilisée pour le classeur de Bob. En un éclair, elle comprend ton atroce machination.

3, 2, 1... Buck s'écroule au sol. Tu as réussi ! Ivre de pouvoir, tu lances un hurlement de joie.

Tu réactives la réserve à oxygène. Te voilà désormais seule dans le vaisseau, et ton rire démoniaque y résonne sans fin.

BRAVO !

TU AS RÉALISÉ LE MEILLEUR PARCOURS POUR ATTEINDRE TON OBJECTIF ! TU PEUX CHOISIR UN AUTRE PERSONNAGE EN 3 OU 4.

102

TU ATTENDS en salle de navigation qu'une alarme signale la mort de Baz. Cependant, lorsqu'elle sonne enfin, tu as la désagréable surprise de trouver le cuisinier bien vivant à la cafétéria.

— On a voulu m'assassiner ! s'écrie-t-il. On m'a assommé avec une louche pendant que je remuais mon velouté. J'ai survécu mais mon velouté est fichu.

C'est raté ! Tu préfères te prémunir contre toute accusation.

— J'ai entendu Bob dire qu'il allait à la cuisine ! C'est sûrement lui !

— Quoi ? s'offusque Bob le rouge. Pas du tout, j'adore la cuisine de Baz ! C'est pour ça que j'y allais. Ce n'est pas moi qui l'ai frappé, c'est... C'est Bert ! C'est une manipulatrice ! Elle accuse toujours les autres. Elle l'a déjà fait avec Boo ! Mais c'est elle, la vraie coupable !

Bob a touché juste, car Bip et Buck te regardent d'un air suspicieux. Tu n'aurais jamais dû compter sur lui. Ton exaspération te fait perdre tes moyens...

— Bande d'incapables ! Vous n'arrivez même pas à faire un velouté sans le brûler !

Buck lance un vote. Elle et Bip se rallient à la cause de Bob. Tu n'es plus qu'une boule de rage lorsque tes coéquipiers t'expulsent dans l'espace...

RETOURNE EN 2 POUR RECOMMENCER L'AVENTURE AVEC BERT
OU CHOISIS UN AUTRE PERSONNAGE.

À CE CRI DE DÉTRESSE, Baz et toi vous précipitez à l'intérieur de la salle de navigation. Buck est collée au plafond !

— Bert a activé ma magnétisation ! Arrêtez-la, elle veut tous nous éliminer ! hurle Buck.

Quelle perfidie ! La commande de magnétisation se trouve en bas de vos sacs à dos. Elle est prévue pour vous accrocher au vaisseau en cas d'apesanteur, pas pour vous immobiliser !

Baz s'avance vers la copilote verte, un presse-purée à la main.

— Quoi, tu veux m'écrabouiller avec ça ? Il n'est même pas branché ! se moque Bert. Si vous tentez la moindre chose contre moi, j'appuie sur la commande de démagnétisation et Buck s'écrasera au sol, ajoute-t-elle, le doigt sur un bouton.

Tu lâches la pelle à tarte que tu avais en main. C'est vrai que vos armes sont peu efficaces mais tous les couteaux étaient au lave-vaisselle.

Il te faudrait un projectile. Oui ! Tu glisses une main discrète dans la poche arrière de ton sac à dos et tu saisis ta pomme.

Bert s'en aperçoit :

— Ha, une pomme ! Tu veux m'offrir un goûter pour que j'aie pitié ?

— Oui, goûte ça ! rétorques-tu, et tu lances la pomme sur le sac à dos de Bert.

SUITE

Bien visé ! Tu as actionné sa commande de magnétisation et Bert décolle de son siège pour rejoindre Buck au plafond !

Baz et toi décrochez rapidement Buck et vous enchaînez Bert. Vous pouvez enfin vous débarrasser du dernier imposteur du vaisseau et l'expulser dans la nuit de l'espace.

Le reste de ton premier voyage se déroule merveilleusement bien. Comme vous n'êtes que trois à bord, tu réalises de nombreuses tâches normalement destinées aux officiers. Tes instructeurs de la Bulb Académie seraient si fiers ! Le soir, après une dure journée de labeur, vous faites des karaokés en mangeant des morceaux de guimauve grillée. Et Baz t'apprend à faire le soufflé !

Arrivés à destination, tu es promu(e) par Buck pour te récompenser de tes bons et loyaux services. Tu l'as bien mérité !

BRAVO !

TU AS RÉALISÉ LE MEILLEUR PARCOURS POUR ATTEINDRE TON OBJECTIF ! TU PEUX CHOISIR UN AUTRE PERSONNAGE EN 2 OU 4.

LA VIE À BORD s'est réorganisée avec Boo, Bob et Baz. Tu es devenue la commandante du vaisseau et Bob s'est proposé comme assistant de Boo. Il l'admire tant qu'il est prêt à tout pour elle. Même à goûter ses nouvelles formules ! Cela ne lui a pas trop réussi. Pour un ultime test, Boo lui a fait boire un nectar qui lui a donné une jolie couleur violette, décorée de losanges mauves. C'était très chic, malheureusement, cela a achevé le pauvre Bob.

Mais cela a aussi permis à Boo de perfectionner sa formule ! Elle a enfin trouvé l'élixir de vie éternelle et vous en avez profité toutes les deux. Tu as bien fait d'épargner Baz ! Il vous confectionne de délicieux petits plats, tandis que le *Bulb* navigue tranquillement à travers l'espace…

BRAVO ! C'EST UN TRÈS JOLI PARCOURS…
MAIS IL Y EN A D'AUTRES !
RETOURNE EN 2 SI TU VEUX RECOMMENCER L'AVENTURE AVEC BERT
OU CHOISIS UN AUTRE PERSONNAGE.

L'ANXIÉTÉ T'A ENVAHI(E) lorsque les votes s'affichent : as-tu été assez convaincant(e) ?

Comment ? Bert a voté contre toi… et Buck aussi !

— Ce que je crois surtout, c'est que tu passes trop de temps à fouiner partout. Et je n'aime pas ça, t'explique Bert avec un sourire narquois.

– Je suis désolée, Bip, mais tu changes souvent d'avis. Je n'ai plus confiance, se désole Buck.

Quel échec, tu es condamné(e) et tu laisses au moins un imposteur dans le vaisseau !

Tu avais tant d'estime pour Buck, et elle t'a déçue ! Si tu avais commandé le *Bulb*, tu n'aurais pas instauré ce système de vote stupide qui accuse des innocents sans preuve ! Tandis que tu tournoies sur toi-même dans l'espace, tu te lamentes de l'injustice de cette décision…

RECOMMENCE L'AVENTURE DE BIP AU DÉBUT EN 3
OU SÉLECTIONNE UN AUTRE ACCESSOIRE EN 56.
TU PEUX AUSSI CHOISIR UN AUTRE PERSONNAGE.

APRÈS SES RECHERCHES, Bert la copilote arrive surexcitée à la cafétéria.

– C'est Bip ! crie-t-elle en brandissant un cahier. Bip a tué Ben ! D'ailleurs, Ben avait des soupçons, lisez vous-même !

Tout l'équipage se penche sur le cahier. Ce sont les notes de Ben, dans une affreuse écriture en pattes de mouche. Et en effet, les commentaires qui te concernent ne sont pas très positifs.

Rapport sur la personnalité des équipiers
Notes préliminaires

- Buck : psychorigide. À recommander : lâcher prise et méditation pleine conscience.
- Boo : propose sans arrêt de m'offrir un verre. Amoureuse de moi ? Transfert sur moi ?
- Bert : efficace, mesurée, empathique. Très bon élément.
- Bip : déséquilibre mental, pense que Bert commet des crimes. Délire paranoïaque ?
- Baz : ragoût trop salé.
- Bob : trop mou. Séance de motivation à prévoir.
- Bud : décédé. Ne devait pas voir la vie en rose… peut-être en vert ? Haha !
- Bam : amatrice de jardin, lui demander conseils sur la saison pour planter des tulipes.
- Bill : décédé. Les lits de l'infirmerie semblent moelleux. Voir avec Buck s'il serait possible de s'y installer plutôt que dans mon canapé peu confortable.

— La paranoïa mène à l'agressivité ! soutient Bert. Bip a fini par se défouler sur Ben !

Ce psy est tout à fait incompétent ! Tu pensais pourtant avoir intégré une équipe d'élite.

À ta grande stupéfaction, l'argument de Bert contre toi convainc le reste de l'équipage, malgré tes protestations énergiques. Lorsque Buck lance un vote, tu es désigné(e) coupable à la majorité. Le verdict est implacable : on t'expulse du vaisseau.

Toi qui te faisais une joie de te faire des nouveaux amis à bord ! On ne t'avait pas prévenu(e) de la perfidie de tes coéquipiers à la Bulb Académie...

RETOURNE EN 3 POUR RECOMMENCER L'AVENTURE AVEC BIP
OU CHOISIS UN AUTRE PERSONNAGE.

107

— VEUX-TU DÉJEUNER AVEC MOI, Boo ? demandes-tu timidement à la chercheuse.

— Merci, je n'ai pas le temps, je dois poursuivre mes recherches, te répond-elle le dos déjà tourné pour quitter la cafétéria.

— Mon petit rouge, ce n'est pas ainsi que tu séduiras la belle jaune, te dit Baz en riant de l'empressement de Boo.

Quelle humiliation ! Et Baz qui se croit autorisé à te donner des leçons ! Il a peut-être aussi des vues sur Boo ? Tu sens la colère bouillir en toi. Tu te rues sur le cuisinier. La rage te donne une force incroyable et tu le soulèves du sol pour le précipiter dans le vide-ordures de la cafétéria.

Mais zut ! Il y a quelque chose qui coince : c'est le corps de Bud ! Les pieds blancs de Baz dépassent du vide-ordures. Tu pousses, tu pousses, sans succès.

Tu es si occupé à ton affaire que tu ne vois pas Bip et Buck devant toi, témoins de tes tentatives. Lorsque tu relèves la tête, il est trop tard : les équipiers noir et orange ont tout vu. Tu es condamné sur le champ.

Voguant dans l'obscurité cosmique, tu te dis qu'il aurait été bon d'apprendre à maîtriser tes accès de rage...

RETOURNE EN 4 POUR RECOMMENCER L'AVENTURE AVEC BOB
OU CHOISIS UN AUTRE PERSONNAGE.